回憶小心輕放

銀座四寶堂文具店

上田健次

Kenji Ueda

黃詩婷—譯

銀座「四宝堂」文房具店

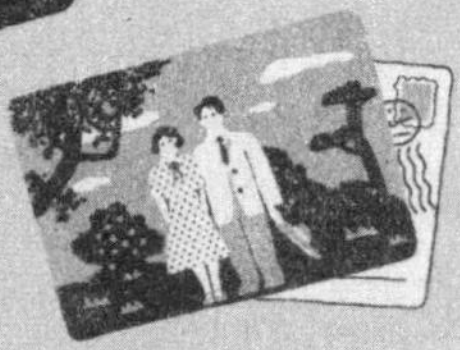

目次

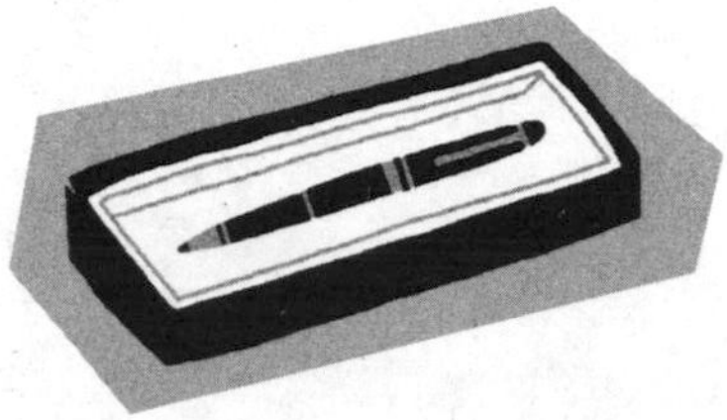

〈鋼筆〉

四月一日開始的新進社員研習課程終於結束了。一開始的兩星期要住在研習所上課，第三週起就分為小組輪流前往總公司、工廠、營業處、研究所等部門，將所學的東西展現在大家面前。

小組是五個人一組，但是前往不同場所的時候都會重新分組，盡可能讓所有人都可以和同時期進入公司的同事有所交流。

然而一起進行活動的成員每次都不一樣，對於我這種怕生的人來說實在是莫大的壓力，真的非常辛苦。

更糟糕的是，同時期進公司的同事還會互爭主導權，想盡辦法牽制別人……這讓我更加痛苦。雖然人事部門說過「新進職員研習課程乃是學習的場所，並非用來評價各位的能力或者是否適任」，但是在各部門會遇到質詢、小組內研討會議後要在全部門前進行簡報等，每個階段都很自然會分出眾人的優劣。

在經歷過這些事情幾次以後，不知不覺同儕之間便出現了某種地位高下之分。

「為什麼那傢伙能進我們公司啊？」「走後門吧？」

氣氛甚至差到會在休息時間聽到有人在背地裡說別人壞話，結果新進職員研習都還沒結束，已經有三位同期人員離職。

「我們是一起進公司的，好好幫忙、互相合作嘛。」

好幾次都想這麼說，卻始終無法把話說出口。

我從以前就是這樣，重要的事情總是沒能好好說清楚。而且之後還會一直因為當時沒能說出口、沒能好好表達而後悔萬分。

這種狀態下，我能好好度過休假後要進行的業務實習嗎？歸途上我心中充滿了這種模糊的不安，回到那無人等待著我的房間。明明我好不容易才拿到第一份薪水，而且明天開始是好幾天的連假……

身體在地下鐵車廂裡搖晃著，腦中突然冒出研習時前輩員工曾說過的話。

「大家的第一份薪水要用在哪裡呢？當然用在哪裡都很好，不過可以的話，就送個禮物給很照顧你的人吧。對方會非常高興的喔，我推薦大家這麼做。」

對了，明天去哪裡找個禮物送給夏子吧。還有一個很重要的東西要處理……但是該去哪裡找呢？哪裡能夠找到夏子會喜歡的東西？既然這裡是東京，那應該去銀座吧？

貴島小姐一路送我到松木屋百貨公司面對銀座中央通的正門口。

「欸——方向是往那邊。哎呀你真的沒問題嗎？還是我找個年輕員工陪著你吧？其實我送你過去比較好，但之後偏偏有約……真是抱歉哪。」

送我到大門口的貴島小姐一臉擔心。

「我手上有您給的地圖，沒問題的。而且我有手機啊，應該不會迷路。」

「那就好……對了，我等等會先打個電話到那邊店裡，對方應該會好好招呼你的。」

貴島小姐如此溫柔的眼神，看起來跟夏子好像。

「那麼我出發了。」

「不要慌張、慢慢來沒關係，要是發生什麼事情你就打我的手機，我會想辦法的。」

簡直就像是母親第一次派小小孩出門幫忙一樣。我和貴島小姐認識也才沒幾個小時，卻彷彿我們已經往來很久了。

我看著畫在便條紙上的地圖跨步走出，應該是直直沿著中央通走一段路沒錯。走了一小段之後回頭一看，貴島小姐還在大門口一角，輕輕點點頭對我揮手。

話說回來，我還是第一次拿到別人親手畫的地圖，現在大多是告知一下店家的網頁而已。畫著地圖的便條紙上還寫了店名、地址，以及貴島小姐的手機號碼。

過了兩個紅綠燈，在第三個路口從中央通轉到橫向的巷子裡。這裡和繁華的大馬路不同，毫無間隙地林立著大樓，簡直跟迷宮一樣。走了一會兒，在第二個轉角便看見了圓筒型的郵筒。

這個郵筒大概定期會有人來粉刷吧，鮮豔的紅色就這樣躍進視野。我只在電影或者很久以前的連續劇當中見過這種形狀的郵筒，果然很適合用來當成地標。郵筒正前方就是我要找的店家。

「是這裡嗎……」

我下意識就說出這句話。前前後後大概走了十分鐘吧，抵達以後就覺得路線確實和我所拿到的地圖一樣，但這對於剛到東京沒多久的我來說可是場小冒險。

原先聽說這裡是家老文具店，不過這棟三層樓建築雖然看來有些年紀，卻沒有老舊感。風格獨特卻又讓人感到安穩，總覺得這氣氛很不可思議。入口是玻璃門，正中間寫著金色的「四寶堂」。

一踏進店裡，迎接我的是一種柔和的香氣。是線香嗎？和那種自我主張強烈的香水不同，對於在這陌生東京中苦戰的我來說，有種輕輕包裹身體的溫柔感。

我稍稍頓了一下，店後方這才傳來一個男性聲音說：「歡迎光臨。」那個聲音也有著與線香相似的柔和感，就好像是打從心底歡迎我進入店內。我第一次聽到讓人如此舒服的「歡迎光臨」。

來到東京第一個讓我吃不消的就是「歡迎光臨」。我出生在鄉下，大家都會對客人說「您好」，當然如果時間還早就是「早安」，到了晚上就喊「晚安」。可能是因為當地的居民大多互相認識，老實說，要是開口說「歡迎光臨」，肯定會演變成客人回嘴「喔，你是打算要賣什麼給我啊？」這種劇情。當然雙方都是滿臉笑容的啦。

正因如此，不管是便利商店、速食店、連鎖居酒屋，甚至銀行或是市公所的櫃檯都高聲尖叫著「歡迎光臨！」，實在令人發寒。

但是這間店的「歡迎光臨」卻沒有那種討厭的感覺，這是為什麼呢？實在搞不懂。也可能只是因為我順利走到了，才會這樣想吧。

或許是發現我無所適從，聲音的主人馬上就現身了。淺藍色襯衫、灰色寬鬆長褲、深藍色的素色領帶，皮鞋是簡單的黑皮革附鞋帶款式，中等長度的頭髮分邊在相當自然的位置。年齡應該是三十來歲吧？

「那個，這裡是四寶堂對吧？」

明明都看見店名了才推門走進來，我還是傻愣愣地開口問這種問題。

「是的，本店就是四寶堂。請問您是新田先生嗎？」

「呃，對。」

「正等您呢，沒有迷路吧？」

「啊，幸好沒有。我有帶著這個。」

男性看了看我手上的便條紙，輕輕點了點頭。

「太好了。我剛才接到貴島小姐的電話，說介紹了相當重要的客人新田先生給我們四寶堂，要我等您到了之後好好招呼。」

他說著便從口袋裡拿出名片夾，抽出一張名片遞給我。

「我是『四寶堂』的寶田硯，還請多多指教。」

「啊、呃，請、請多多指教。」

對於怕生的我來說，沒有比對著第一次見面的人打招呼更緊張的事情了，也不曉得寶田先生是不是看出我的緊張，始終保持著柔和的笑容繼續向我介紹。

「那麼請問您是需要什麼呢？貴島小姐就只說了什麼『小硯，總之拜託你啦！』就掛了電話。哎呀，雖然她每次都這樣啦……總之還是先請問您的需求。」

我這才猛然回神。

「啊！那個，我想要買信紙和信封……」

寶田先生一臉「哎呀果然如此」的樣子重重點了頭，然後才說出：「我明白了。」他伸手比向店內深處的姿態相當輕鬆，說了句：「請往這邊走。大部分信紙和信封都放在那邊的架子上。」

也不懂道理何在，但寶田先生這種輕鬆卻有禮的態度讓人感到相當舒服。接待客人的時候迅速交代需求，或許是每天忙碌萬分的都市人智慧，但這樣就像是面對自動販賣機一樣，總覺得相當無趣，我實在無法習慣。

我被帶到放滿各種信紙和信封的櫃子前。有一眼就看得出來是手工和紙的高級品、有造紙時壓入押花的時髦款式，也有淡藍底紙印上俐落紅棕格線的西式信紙，光是用看的就覺得樂趣無窮。

信紙旁邊也放著相同設計的信封，直書用信紙搭配直式信封，橫書信紙則搭配西式信封。隨便看一下大概也有兩百種吧。

「除了這些以外，還有搭配季節插圖的款式，另外還有一些比較像是季節賀卡之類的放在明信片區附近。」

「……種類好多喔，真是讓人驚訝。」

「謝謝您。畢竟展示空間有限，所以沒辦法把所有東西都擺出來，不過就算是在東京都內，我們應該也是款式相當齊全的店家之一，不管是和紙或是從國外進口的東西都有。當然如果是本店沒有的東西，在銀座、日本橋和東京車站這一帶也有許多大型文具店，可以介紹您過去，還請您不吝告知需求。我也約略清楚其他店家庫存的品項，可以打電話給同業請他們幫您保留商品。」

「不不，光是要從這裡面挑選就很辛苦了，我實在沒辦法再去其他店家看啦。唔……」

寶田先生還是維持著那淡淡的笑容，拿起了一款信紙。

「這款『緣』是直排十行的信紙，淺白底色而且格線也印得很淡，所以使用上比較廣泛。順帶一提這是本店獨家商品。」

「喔……這樣啊。」

寶田先生又從櫃子上面兩排的架子拿出其他信紙。

「這款叫做『羽衣』，也是只有本店才有的商品。是一位和紙作家因為『想做些實用商品』而開發出來的東西，數量相當稀少……使用的是相當好的和紙，格線是藉由透光技巧在抄紙的時候做出來的，這款也比較泛用。還有……哎呀，抱歉，我好像一直在介紹自己喜歡的東西。」

寶田先生看起來才三十來歲，不知為何語氣卻相當客氣。

「看起來都非常簡單雅致，真的很棒。嗯——」

我很明白自己優柔寡斷的個性。

「選擇信紙和信封的方法大致上分為兩種，一種是根據寄件人自己的喜好來選擇，嗯，一般都是這樣啦。另一種方法就是選擇收件人看到會覺得高興的款式。剛才推薦的兩種則是基本中的基本款，雖然不至於失敗，但就少了點趣味。所以您要不要試著從對方的印象來選擇呢？」

「這樣啊……」

雖然我了解他的建議相當明確，但我不曾好好寫過什麼信，頂多就是賀年卡吧。

「既然是貴島小姐介紹您來的，是否打算附在什麼禮品當中呢？」

大概是看我始終沒接話，寶田先生又幫忙開了新話題。

「對，是這樣沒錯。其實是我領到第一份薪水了，想用來買個東西送給住在鄉下的外婆。雖然到銀座來看到了不少東西，但實在是不曉得要送什麼才好……束手無策的時候，隨便走進百貨公司在食品賣場晃蕩，就被店員叫住了。」

寶田先生忽然笑了出來。

「是不是喊著『哎呀、哎呀！這位小哥你沒事吧？』之類的？」

「對！沒錯、沒錯。她跟我說『小哥你沒事吧？滿身大汗這麼累的樣子，來，我這裡剛泡好了冷泡玉露綠茶可以喝呢』，就把紙杯遞給我。看我不知所措，她又從旁邊拉出椅子來說『好啦你坐下，稍微休息一下吧』，就讓我坐在展示櫃旁邊。」

寶田先生開心地點點頭。

「貴島小姐的個性就是這樣，要是看到一臉疲憊或者有困難的人，就放心不下呢。」

「這樣啊……但她給我的茶真的很好喝。這樣講好像有點誇張，可是我這輩子真的第一次喝到茶是甘甜的，忍不住嘆了一大口氣。她就一邊幫我倒第二杯茶，一邊跟我說『怎麼啦？都到銀座來了還在嘆大氣，遇到什麼難事了嗎？』。」

真的很奇妙，我見到寶田先生明明都還沒幾分鐘，卻能輕鬆跟他說話。想想貴島小姐也是這樣，今天或許是我遇上溫柔的人的日子。

「對了，貴島小姐幾歲啊？」

「哎呀，實在不好開口詢問女性的年紀，所以我也不清楚。不過在我孩提時代有記憶的時候，她就在松木屋百貨工作了，我想應該還是有點年紀吧。印象中她幾年前應該已經退休，現在是契約員工，負責員工教育還有重要客戶諮商窗口之類的工作。喔對了，應該也是松木屋百貨公司社長少數講話比較親暱的對象。」

「哇，我是被那麼厲害的人叫住喔。」

寶田先生笑著輕輕搖了搖頭。

「要是說她很厲害，她可是會生氣地說『講得我好像恐怖的歐巴桑』喔。其實她只對自己和工作嚴厲，對其他人都非常溫柔，不管對方是誰都一樣。我希望自己身為商人……不，應該是身為人吧，也能像貴島小姐那樣。」

寶田先生的語氣就像是在說給自己聽，還重重點了頭，然後又猛然想起什麼似的搔了搔頭。

「抱歉，好像離題了。」

「不會！……貴島小姐對我這麼親切的事情，我也覺得很想跟別人分享，所以您願意聽，我真的很高興。」

想起來自從三月底到東京來以後，我好像是第一次跟別人聊當天發生的事情。之前都是夏子會聽我說那些有的沒的、毫無內容的話題。

有一次研習吃飯的時候，我提到自動門一直沒打開所以我很焦急的事情，卻被回問「重點？」，我整個人都愣住了，最後遭到一陣訕笑，完全沒有人接話之類的就這樣不了了之。從那之後我就非常害怕跟別人說話。

寶田先生露出很有他個性的柔和微笑，讓我繼續說下去。

「喝了茶以後我也覺得安下心來，就老實說了我想拿第一份薪水買禮物送給外婆，但又不知道該買什麼好。貴島小姐提了很多建議給我，最後決定送茶。」

「現在正是新茶的季節，每次泡茶都會感受到新田先生您送禮的心意，我覺得這是很好的選擇。」

說完這些以後，寶田先生又自言自語說著：「新茶啊，不錯耶。晚點去買吧。」

「是啊，我真的完全沒有想到茶這類禮物，所以非常感謝貴島小姐推薦給我。決定禮物之後，貴島小姐又說『附上一封信在裡面會比較好喔』。我本來是想說外婆也有用LINE，我就傳個訊息說『有從百貨公司寄了茶給妳』就好了……但貴島小姐又說什麼『簡單寫封信吧，就當是我拜託你的』。」

寶田先生緩緩「嗯……」了一聲，同時重重點了頭，「所以才會介紹本店啊。」

「是啊，她說『雖然我們這裡也有文具賣場，但是品項不夠齊全。我介紹專門店家四寶堂給你，還是跟那裡商量吧』，然後給了我這張地圖。」

「實在感激不盡。」寶田先生嘴邊浮現淡淡的笑容說著。

「所以我才需要信封和信紙。」

「我明白了。那麼這款如何呢？雖然有點不好意思，好像都向您推薦本店獨家商品……這款的格線稍微寬一些，可以輕鬆寫字，我覺得相當適合今天的用途。」

寶田先生遞給我的是印著八行淺綠色格線的信紙，信封上的郵遞區號格子和文字格線同色，貼郵票的位置上畫著由樹枝伸出的新綠樹葉。

「這個顏色叫做若草色，格線之類的設計相同、只有顏色不同的商品共有十二種，商品名稱叫做『月月』，格線往下顏色就越淺。」

寶田先生將我手上商品的封面翻開來，格線就像是有人拿細毛筆畫的，越往下就越細、顏色也越淡，尾巴幾乎看不到線條。

「這是某位日本畫家客人說『我想要能附在小東西上，看起來雅致些的信紙』所以製作的款式。順帶一提這個格線和畫在郵票位置的圖案，也是那位客人說『既然是我開的口，就讓我幫忙吧』，所以幫我們畫的東西。哎呀，挑選這十二個顏色的聽說也是那位客人。日本的傳統色有四百六十五種，要從裡面選出十二個顏色實在是相當傷神吧，畢竟格線顏色還必須搭配底色才行。話雖如此，這是在我之前好幾代的店主開發的商品，因此我並不清楚是哪位日本畫家。」

寶田先生介紹的同時也讓我看了「月月」的其他顏色，分別是小豆色、紅紫、撫子色、青藤、柿茶、紅、煤竹色、海老茶、曙色、銀鼠還有金色。

「只有金色因為裝飾了金箔，所以價格比較高一些。實在非常抱歉，最近金價持續高漲……而且這類師傅已經越來越少，或許不久後就得要放棄燙印金箔的商品了吧。」

所有顏色都很漂亮，看起來也都很舒服。為什麼呢？這些柔和的顏色就像是要療癒我的眼睛一樣。

陳列在架上的信封用紙條束成五個一組，畫在郵票位置的圖案每個都很可愛，小豆色有三顆紅豆，曙色畫著旭日光芒，金色則畫著富士山。

他大概是發現我盯著這些圖案看。

「有些客人會說把圖案遮起來太可惜了，只好把郵票貼在旁邊。甚至連送郵件來的郵差都跟我們抱怨了好幾次『拜託叫他們貼在正確位置上』呢。」

「不過我完全能理解他們的心情呢。啊，我會跟茶一起送去，所以不用貼郵票。那麼請給我這款若葉色的信紙和信封。」

寶田先生聽了便說：「好的，非常謝謝您。」然後接過我手上的商品，催促我：「請到這邊。」

「或許是我多管閒事，不過您有書寫用的工具嗎？」

寶田先生走向結帳櫃檯時問著，而我輕輕點頭回答。

「關於這點我也想商量一下，其實我需要這款筆能用的墨水。」

我從背包裡拿出一個細長的盒子，由黑底白商標的紙盒裡抽出禮盒，裡面是一支鋼筆。

寶田先生走進櫃檯，將我選的信紙和信封放在一旁說「請稍等」，然後由抽屜中拿出了白色手套。接下來又拿出一個橫長型有點像是盤子的板子放在櫃檯上，兩手都戴上手套。板子內側貼著絨布，看起來應該是用來處理重要物品的用具。

「請容我拜見。」

他簡潔說完後便兩手接過我遞出的盒子，輕輕將它放在作業檯上，拉過櫃檯一角的椅子坐下。

「真抱歉，要是站著處理，一不小心手滑了可能會造成破損，所以很抱歉要在客人面前坐下。方便的話，您可以使用那張椅子。」

寶田先生的眼睛望向櫃檯旁邊的椅子，我便搬了過來坐在正面。

「是萬寶龍啊，但不是最近的新款呢。」

「是啊，沒錯。」

寶田先生將禮盒從紙盒中抽出，禮盒上方有著那被稱為「六角星」的白色星型品牌商標。打開蓋子先看到的是說明書和保證書，鋼筆就躺在下面。鋼筆放在貼有布料的底座上，筆蓋夾和筆環都閃爍著金色的光芒。

「那個，我不是很懂鋼筆，這有點高級吧？那種有名作家會用的東西。」

寶田先生輕輕點了頭。

「這個嘛，大致上來說的確如此。這是萬寶龍的大師傑作系列商品。筆軸偏細，就算插進上衣內袋也不會因此而覺得有些卡住，是相當適合手比歐美人小上許多的日本人的鋼筆。」

「喔？」

聽別人解說自己的東西，感覺還挺奇妙的。

「剛才您說那種以作家為業的人，通常會喜歡粗一點的筆。比方說這款一樣是大師傑作系列，但是中班１４６款。」

他說著便從櫃檯旁邊的櫥窗裡拿出一支鋼筆，外型看起來跟我的有些相似，但整體來說大了一些，尤其是筆軸的粗細相差非常多。

「新田先生您的傑作筆軸直徑為十二毫米，這款則是十三·三毫米，聽說這個粗細比較適合長時間寫作。」

我接過寶田先生遞給我的中班１４６。

「的確很粗耶，我覺得自己那支已經比平常用的原子筆和自動鉛筆還粗了，這個更誇張呢。」

寶田先生說「沒錯」，同時又拿出了另一支。

「最粗的到直徑十五·二毫米。這是大師傑作１４９系列，也相當受寫作者歡迎，還有在簽署國際條約，或者公司之間簽訂大型契約的時候也常有人使用。因為實在給人相當豪華的印象，平常感覺不是很好使用，所以非常適合『這個特別時刻！』的時候，相當氣派。」

他遞給我的149簡直跟麥克筆一樣粗。

在我看其他筆的時候，寶田先生把我交給他的鋼筆筆蓋取下，接著又轉動筆身讓它從中分為兩截，由當中取出了一個細長的零件。

「筆尖和吸墨器都非常乾淨，這麼說來是沒有使用過囉。」

「是的，其實是完全沒用過。」

寶田先生點點頭，將包在禮盒裡面的卡式墨水對著燈光看了看、又搖了一搖。

「這個墨水不知道還能不能用。唔，保證書上的日期是……哎呀，十二年前了呢。」

「是啊，是十歲的時候外婆送給我的東西。」

寶田先生有些驚訝。

「十歲的話您才小學四年級吧？實在非常抱歉，但這當成用來送給小學生的書寫工具實在是太高級了……」

「對吧？所以雖然收下是沒什麼問題，但我也不可能帶去學校……就一直收在抽屜深處，直到不久前我才想起來有這個東西。」

「原來如此。畢竟沒有使用過，看起來也沒有任何損傷，應該只要灌新的墨水進去就可以使用了。順帶一提如果您想使用這個吸墨器的話，我推薦您選擇瓶裝墨水。如果您比較常外出使用的話，那麼應該還是卡式墨水比較方便。您覺得如何呢？」

「保養都很簡單嗎？」

「習慣的話就都沒什麼困難的，不過一定要比較的話，我想卡式墨水還是比較方便。」

「那麼請給我卡式墨水。」

寶田先生說著「請您稍候」便走出櫃檯，到看起來應該是書寫工具的架子上拿了幾個小盒子回來。

「最近萬寶龍專用墨水也有出一些比較有意思的顏色，不過要用來寫信的話應該還是慣用色會比較好。從右邊起是『漆黑魅影』、『午夜藍調』、『皇室藍寶』，越往左顏色就越藍。另外也有綠色和紫色之類的，但是用途上就比較狹窄了。」

「最泛用的是哪個？」

「這個很難說呢，不過原先和筆搭配的顏色是『午夜藍調』，以前應該是稱呼為『藍黑色』。」

確實寶田先生說最好不要使用的老舊卡式墨水上面是用英文寫著「Blue Black」。

「那這個我一起拿。」

「好的。」

結帳總共兩千多，百貨公司買的茶葉，包含運費也才幾千圓。為了要找給外婆的禮物和鋼筆的墨水，抱著肯定要燒掉一大筆錢的覺悟來到銀座，沒想到竟然這麼便宜就解決了。這肯定是多虧我遇到了這些溫柔的人。

遞過錢正等著找零的時候，寶田先生又問了。

「對了，您是要把信放在茶葉禮盒裡面對吧？那麼您是要先在哪裡寫好信之後，再回去松木屋百貨囉？」

「對啊，我是這麼打算的。那邊說只要我在六點前交給貴島小姐，就可以放在茶葉禮盒裡面幫我今天寄出。」

「這樣的話我想建議您……如果您不覺得困擾，要不要在本店二樓寫呢？那裡我平常會出借給一些紙張工藝、書寫或篆刻工房作為活動用的場地，但今天並沒有什麼活動。樓上有相當適合沉穩書寫東西的桌椅。」

對方忽然這麼對我說，實在是有點錯愕，但我卻覺得很開心。

「方、方便嗎？其實我正想問問附近有沒有比較安靜的輕食店還是咖啡廳之類的。」

寶田先生搖搖頭說著。

「還請務必使用本店二樓。哎呀，當然我也是能為您介紹附近還不錯的咖啡廳，其實有間『托腮』是我自己也常去的店家。除了咖啡、紅茶以外，輕食也相當美味。所以如果您是表示『想喝點東西潤喉』或者『感覺有點餓了』的話，我就會介紹那間，但那裡並不適合讓您寫要給外婆的重要信件。再怎麼說，咖啡廳裡的桌椅都是打造成讓客人能夠優閒享用飲品的。」

「……總覺得真的是很不好意思。」

我不禁低下頭，其實應該老實說「謝謝您」才對的。

寶田先生慌張揮著手：「請不要這樣，讓客人對我低頭我會遭天譴的。來，您先收下找的錢還有收據。」

寶田先生將零錢放在皮製的托盤上推給我，是嶄新的千圓鈔和亮晶晶的硬幣。我忍不住「哇——」了一聲。

「硬幣原來是這麼漂亮的嗎？」

「是啊，我也常這麼想。尤其是五圓硬幣亮晶晶的話，甚至讓人覺得想做成項鍊掛在脖子上呢。順帶一提，五圓銅板是由六成銅加上四成錫的黃銅製成。」

「該不會您在找錢的時候，都是用這種嶄新的硬幣？」

「是啊。」寶田先生一臉理所當然地回答。「非常花工夫，而且也必須支付手續費，但我還是想看到客人驚訝，然後露出笑容的樣子，所以一直都這麼做。不過近年來有很多客人都使用電子支付，所以就很少拿出來了。」

他說這話的同時還一臉遺憾。

「總覺得要放進錢包裡跟其他零錢混在一起很可惜呢，而且鈔票也得對摺，好可惜。」

我的錢包是短夾，裡面有個小零錢袋。學生時代還能夠直接塞進長褲後口袋，現在若收進西裝內袋裡，要拿個錢包還得伸到最裡面撈出來，實在有夠麻煩。

寶田先生說著：「那麼權宜一下這樣好了。」然後把零錢放進小的夾鏈袋、新鈔則放進明信片大小的紙袋裡。

「真的相當抱歉……」

我從剛剛就一直說著「非常抱歉」，可能已經是我的口頭禪了吧。雖然口頭上道著歉，我還是從背包裡拿出讀到一半的西方推理小說，把新鈔夾在中間。零錢就收到背包深處。

「是《她坐在駕駛座旁》啊，那本還不錯呢。」

雖然我的確沒有包書套，不過寶田先生只看一眼就知道書名了。

「您有讀過嗎？」

「是的，看您書籤夾的位置，應該正要進入高潮段落囉。」

總覺得還挺開心的，先前我周遭根本就沒有興趣接近的人。雖然在網路和ＳＮＳ上有冷硬派和西洋推理喜好者的團體，但我只有看大家討論，並不會主動發言。朋友們都覺得我這樣很奇怪，但我就是對於要向沒見過面的人透露心聲感到不安。

不過就連這種想法都很少見，反而比較多人覺得「要是跟認識的人或朋友說真話，結果惹他們討厭就糟了。所以真心話說給那些沒見過的人聽還比較輕鬆」。每次聽人家這麼說，我都會想「那現在跟你講話的我算什麼？」或者「你現在說的是真心話嗎？還是客套話？」。

「那麼我帶您上二樓。」

我在腦中模糊思索，聽見寶田先生的聲音才猛然回神。

寶田先生已經從結帳櫃檯走出來，放上呼叫用的桌鈴和「人在其他樓層，有事請按鈴」的牌子。然後對我說「請往這邊」，帶我往後頭走。

走過一開始他帶我看的信紙和信封角落後，盡頭有個樓梯，底下擺著「本日工房已結束」的看板。

從看板旁邊走上樓梯，樓梯中間有個一坪大小的平臺，放了一把椅子和一張小巧的咖啡桌。感覺坐在這椅子上望著店內也很棒。

「老客人當中有人很喜歡坐在這裡喝茶。」

「確實感覺很舒服呢。」

寶田先生嘴邊浮起淡淡的笑容說：「再一下就到了。」這是爬山嗎？因為太有趣，我也忍不住笑了出來。

二樓的窗戶比一樓寬闊，雖然沒有開燈卻還是因為燦爛的春日陽光而相當明亮。面積應該和一樓一樣，但畢竟沒有陳列商品的架子，看起來寬敞許多。面對窗戶的右邊設置了四張半榻榻米的墊高處，房間正中間有六張底下有輪子、看起來像工作檯的桌子排成口字型，各自搭配兩把椅子。左邊的牆壁則是從地板到天花板放滿了整面的大型抽屜。

「請用那張桌子。」

寶田先生指的方向有張穩重的書桌，以及使用相同木材打造的椅子在那裡等著我。桌面沒有擺任何東西，整片沐浴在百葉窗縫隙間射入的日光下。

我在寶田先生身後走向那張桌子，看起來已經使用許久，到處都有細小的傷痕。右邊或許是因為曾經打翻過墨水瓶，有一片黑色汙漬。寶田先生拉開椅子說了聲「請坐」。

我照著他的指示坐下，椅面是皮革的、坐墊偏硬，但這個硬度給人感覺相當舒適。我試著將兩手放到桌上，雖然桌面有著一定的光澤，但兩手卻能感受到木紋那種細緻的質感。

寶田先生打開左方抽屜的中間那層，裡面大概有十來本書。

「字典、書寫信件的方法以及相關禮節的書籍放在這裡。」

我不禁鬆了口氣，要是沒有什麼能參考的東西，我實在沒自信能寫好信。

「非常謝謝您，我趕快寫吧。」

我從放在地板上的包包裡拿出剛才買的信紙和信封、卡式墨水以及裝了鋼筆的盒子連忙說著。

「不，不可以這麼慌張。您是和貴島小姐約六點對吧？現在時間還相當充裕，還請盡可能慢慢地、仔細地寫。再怎麼說，手寫的文字都會展現表情，尤其是用鋼筆寫的東西更是如此。笑臉、哭臉、生氣、高興、溫柔，書寫時的心情都會成為文字的表情。」

「……表情嗎？」

我從來沒想過，但的確字跡會有每個人自己的特徵。因為太習慣使用 LINE 或者電子郵件交談，如今已經很難得看到手寫的文字。

寶田先生說「您請稍等一下」，又從桌子附近的抽屜拿了什麼東西回來。看來那一整面牆的抽屜裡面是放庫存的吧。

「這個給您使用。就當成是來訪本店的謝禮……對了，就當成是我遇到一樣愛好冷硬派翻譯小說同好的紀念吧。這是本店獨家的校園筆記本。」

「這、這樣好嗎？還拿免費的。」

寶田先生表示「請務必收下」後點了點頭。

放在桌上的那本筆記本有著淺灰色的封面，上頭寫著小小的「NOTE」，用來寫標題和姓名的位置上則畫了相當淡薄的格線。書背是黑色的，還貼著奶油色的標籤，這厚度是普通筆記本的兩倍吧。

「總覺得好浪費喔。」

我翻開剛拿到的筆記本，這不薄不厚的紙張摸起來真舒服。

「我建議您先盡可能寫下腦中浮現的話語和文字，之後再來思考要怎麼結合成一篇文章就好。對了，如果寫錯了或者覺得想修改的話，只要劃一條線就好。因為之後可能會覺得『哎呀我還是想用剛剛寫的那段話』，所以最好是用這樣還能看出剛剛寫了什麼的方式。筆記本畢竟是不會給其他人看的東西，所以不需要寫得太過整齊。總之盡量寫下腦袋裡想到的東西，這點比較重要。」

「寫草稿嗎……」

「多寫一些字的話，鋼筆也會變得比較順手。對了，先插上卡式墨水吧，希望能順利出水。」

我照他說的從盒子裡分別取出卡式墨水和鋼筆。

「呃，這應該要怎麼弄啊？」

「請先取下筆蓋。萬寶龍的蓋子有刻溝所以請用轉的，然後轉動筆頭和筆身就可以拆開了。對，就是這樣。然後把卡式墨水比較細的那一頭插到筆頭那一端裡面，可能會覺得有種卡住的感覺，請用力插下去。」

我照著他說的做，原來如此，確實是有種被擋住的感覺，不過一用力就下去了。

「順帶一提，預備用的卡式墨水可以放進筆身裡面。」

依照他教的，我把一個卡式墨水放進筆身以後重新裝好筆尖，接著把筆蓋套到筆身後方握好筆。

「請在這裡畫圓到墨水順利出來。」

寶田先生從抽屜裡拿出便條紙本，撕下一張給我。我照著他說的動起了鋼筆，那裝飾著金色邊緣的筆尖從紙上咻地滑過，沒多久墨水彷彿追著筆尖般畫出了圓。

「哇。」

真令人驚訝，這種書寫感和鉛筆或原子筆完全不同，真是新鮮。我覺得寫起來很舒服，不禁畫起了螺旋，然後又隨便寫些平假名和「東京」之類的字詞。

「您覺得如何？」

「我第一次用鋼筆，不太會表達，但覺得好新鮮喔。就算沒有很用力，筆畫也有強弱之分，不知道該怎麼說才好，但覺得自己的字好像變好看了。」

寶田先生簡直就像我誇獎的是他一樣，開心地點了好幾次頭。

「鋼筆和必須壓在紙上才能書寫的鉛筆及原子筆不同，是利用毛細管現象打造出來的書寫工具，所以只要筆尖有碰到紙張就能寫了。接觸面寬就會寫出比較粗又有力的筆畫，窄的話就會比較纖細而微弱，可以輕鬆控制變化。也就是說，比較接近沾了墨的毛筆。」

「……原來如此，我還真的是不知道。」

「抱歉我還聊了這麼多，那麼我想筆尖出水應該已經滿順的了，請使用那本筆記本。」

他這樣說著，又指向我們上來時的樓梯一旁的那扇門。

「洗手間就在那裡，您可以自由使用。我在一樓，晚點會拿茶上來。啊，當然本店不是什麼輕食店還是咖啡廳，所以味道就不怎麼樣了，只是小小服務所以不需要費用。」

最後則說了句「那麼您請方便」就下樓去了。

寶田先生的身影消失在視野內，我就好好端正轉向筆記本。純白色的紙張上有淡淡的灰色格線，格線的寬度大概是一公分吧。背面寫著「A4・UL格線」。我有聽說過A格線和B格線，倒是沒見過UL格線，不過這個寬度用來隨手寫些想到的事情感覺還挺不錯的。

我再次用萬寶龍鋼筆在筆記本左上角寫上日期，嗯，書寫感真的很舒服。

接下來又寫了「草稿：給外婆的信件」，總覺得這樣好像有點耍帥。我照著寶田先生教的，在「外婆」的部分畫了一條線刪除，重新寫上「夏子」。

我出生的時候外婆五十歲，大概是她還不想被叫什麼「外婆」吧。不，或許是因為不想在我叫她「外婆」的時候，就想到我的爸媽。實在不知道她是怎麼想的，但總之外婆就是非常堅持要我叫她「夏子」。

但她卻又說什麼「我不是很喜歡夏子這個名字」。據說她是四個姊妹中排行第二的，因為姊姊叫做春子，所以外婆就被取名為夏子了。

「姊姊是因為三月出生所以叫做春子，我只是因為第二個出生就叫夏子是怎樣啊？想都想不透。我可是十二月出生的耶！妹妹秋子是四月出生，小妹冬子是七月出生，她們兩個人也常抱怨同一件事情。不過……唉，也沒辦法啦，名字這種東西就是擅自被決定的啊。」

夏子跟我說過好幾次這件事情。

「你的名字『凜』是我取的喔，因為我希望你永遠都是個凜然的人。」

我想起了夏子曾經跟我說過這件事，那應該是在我小學四年級的暑假。秋天的園遊會上有個「二分之一成人式」，學校出的作業是要我們問監護人自己姓名的由來。現在回想起來，大家的家庭都可能有各種不同的狀況，實在是應該要多考慮一下特殊情況的人吧。那時候我已經隱約了解母親無法自己一個人養育我，所以完全把我丟給夏子。對於剛滿十歲的我來說，心裡有種想知道但也不是很想知道的複雜心情，結果作業竟然出這種逼我們得要去問個明白的東西，實在是覺得很煩。

但是夏子看起來並沒有特別在意些什麼就直接跟我說了。

獨生女在臨盆前挺著個大肚子回家；父親是已婚有孩子的人，原本說好要離婚和母親在一起卻反悔；母親生我的時候幾近難產；我一歲的時候母親就到隔壁市去上班了；沒多久她就和其他男人結婚，但對方顯然不是很希望小小的我也一起過去；在我三歲以前還會每個月來看我一次的母親，在丈夫轉調他地搬家之後就跟我疏遠了。

然後……

「你想見她嗎？」

夏子如此問我。

「還好耶。」

我好不容易才說出如此不明確的回答。

「不過你也十歲了呢，日子真快。明明先前你才這麼點大，難怪我也成了花甲老太婆呢。」

夏子苦笑著說。

「不過居然會辦二分之一成人式，學校也還真是挺會想些時髦活動呢。」

「是嗎？我們跟真正的成人又不一樣，也不是先前不能做的事情就可以做了……就只給我們麻煩的作業，根本沒好事。」

「是這樣嗎？但我覺得可以多幫凜慶祝一次，還挺開心的呢。畢竟凜真的二十歲成人式的時候，我都七十啦，還不知道是不是活著呢。」

「講這什麼不吉利的話？反正妳一定活跳跳的啦。」

「我也希望是啊……」

夏子一臉陷入沉思之後忽然說了聲：「好！」然後重重點點頭。

「我們就兩個人一起慶祝點什麼吧。」

「咦，要慶祝什麼？」

「就是凜成為一半的大人，還有我六十囉。對，就這麼辦吧。明天就不開店了，我們搭電車出門吧。」

夏子莫名其妙地就提出這個建議。

順帶一提，我先前完全沒有跟夏子一起出門去哪裡的記憶，因為夏子在自家一樓經營藥局，實在是很少將店門拉下休息。

「雖然是很小的店家，但畢竟是這地方唯一的藥局，大家的疾病和受傷可不會休息的呢。」

她總是這麼說，所以就連新年或中元都只休個兩天，其他日子連星期六日、國定假日都會開店。但其實連晚上或者休假日，只要有客人敲門，她都會馬上去接待，實際上根本就全年無休。

我從托兒所和學校回來以後，就坐在店門前的長板凳上，愣愣等著客人光顧。反正盯著往來於店面前的路人、自行車和貨運車輛，我就不覺得無聊。

所以夏子說「出門」的時候我還一瞬間沒聽懂，可見和夏子出門是多麼稀奇的事情。

第二天吃完早餐後，夏子說「換上這個吧」然後遞給我一件全新的POLO衫。雖然真不知道她是什麼時候準備的，不過POLO衫胸口上繡著我最喜歡的足球隊伍的Logo，我記得自己非常高興。

「凜很少搭電車和公車，保險起見還是吃一下這個吧。」

我也記得她這麼說，所以那是我第一次吃暈車藥。

搭公車到車站三十分鐘，然後又搭了一小時的電車，抵達有百貨公司的市區時已經快要中午了。

「我們先去吃飯吧？」

夏子說著就帶我到最上層樓的大食堂，我想那應該是十層樓左右的大樓，不過店家的視野相當良好，在等餐點上桌時我們兩個人一直眺望著外頭。夏子心情很好，告訴我「那個是縣政府」，還有「今天空氣乾淨，可以看到很遠的地方呢」之類的。

「兩位久等了。」

聽見這聲音後，我的視線轉回桌上，看見放了巨大漢堡排以及炸蝦的西餐拼盤。

「漢堡排跟炸蝦在家裡也可以做，但跟餐廳的味道就是不一樣呢。要在外面吃的話一定要選西餐。」

夏子說著，心情高昂、津津有味地吃起沾了大量塔塔醬的炸蝦。

之後我們搭手扶梯往下慢慢逛每個樓層。

我不太記得細節了，不過那裡雖然是鄉下地方的百貨公司，卻有寢具和家具、旅行用品、烹調工具與餐具、家電、玩具，還有服飾和化妝品等，真的是應有盡有，絲毫不愧對其「百貨公司」之名。兩個人一邊看一邊「哇」說著「這種東西會有人買嗎？」之類的，閒逛也覺得有趣。

中途有個賣文具的專櫃，櫥窗裡陳列著一看就很貴的鋼筆和原子筆，可以感受到一種小孩子無法輕易靠近的氛圍。旁邊的專櫃陳列的是手錶和寶石，姑且不論夏子覺得如何，我完全沒有興趣。

夏子走到鋼筆專櫃最裡面，盯著櫥窗裡頭瞧，喃喃說著：「嗯，果然還是萬寶龍好呢。」

「什麼？蒙布朗[1]？蛋糕嗎？」

「沒什麼，我們走吧。」

1. 日文中萬寶龍和蒙布朗的發音相同，都是法文的「Monblanc」。

說著我們便迅速離開鋼筆專櫃。

之後來到了玩具賣場，夏子就說什麼：「我去看個化妝品，你在這裡等我好嗎？我大概十五分鐘後就回來了。」然後她就一個人不知去向。

外出的記憶就在這個場景驟然中斷，我記得夏子應該是半小時內就回來了，之後我們好像很快踏上了回家的路途，但就是記不太清楚。

那是我唯一一次和夏子出門的記憶。

十月初園遊會的活動上舉行了「二分之一成人式」，在我的記憶中對於典禮本身的內容相當模糊，只記得夏子關了店來看我。

那天晚餐夏子煮了紅豆飯，很難得還準備了果汁，兩個人乾杯。

「二十歲的時候就要好好拿酒乾杯囉。」

「也不用現在就宣布吧。」

看我笑著回答，夏子遞給我一個小小包裹說：「這是賀禮。」禮物外包的是我們在暑假時去的百貨公司的包裝紙。

「這是什麼？」

「打開來看看啊。」

我拆下緞帶，仔細撕開包裝紙，裡面是相當漂亮的紙盒和一看就很高級的禮盒。盒子上有白色星型商標，輕輕打開蓋子，那美麗的布料上躺著一支鋼筆。

「……這是在百貨公司看到的那個嗎？」

「對，萬寶龍的鋼筆。」

伸手拿起來才發現筆軸上還刻著小小的文字「R・N」。

「我請他們刻了凜的名字縮寫，沒想到有這種服務呢。一開始店裡的人還跟我說『也可以加上贈禮者的縮寫刻成「N to R」喔』，實在太害羞啦所以我說不要。」

夏子說完便笑了出來。

「哇，這個應該很貴吧？」

「哎呀，是不便宜啦。不過好好使用的話能用一輩子呢，然後應該是池波正太郎吧，有名的歷史小說家。他說『筆就像是現代男人的刀啊！』，所以我想給凜好一點的東西。」

「這樣啊，謝謝。我會好好珍惜的，但這沒辦法在學校用呢。」

「哎呀，等你有了喜歡的人，要寫情書的時候再用吧？在那之前好好收著就行了，反正又不是會壞掉的東西。好啦，我們來吃紅豆飯吧。」

猛然一看夏子的表情雖然在笑，但不知為何眼裡卻有好像快要掉下來的眼淚。要是平常我一定會纏著她問「妳為什麼要哭？」，但那時不知為何我覺得不能開口。

我看著手邊的筆記本，上面寫著「百貨公司」、「漢堡排和炸蝦」、「二分之一成人式」、「紅豆飯」、「萬寶龍鋼筆」，我將這些用一個大大的圓圈起來。

忽然聽見一陣熱鬧的說話聲，看了看窗戶下的道路。應該是國中生吧？一群穿著制服的少年，踢著足球經過。這一行人看起來實在跟銀座不搭調，用手機查了一下，發現新橋站附近似乎有國中，大概是下課回家吧。

我升上國中以後也沒有特別明顯的反抗期，應該算是乖乖被養大吧。可能是因為我內心認為我害外婆夏子得要負責養育我，總覺得好像欠她很多。

只有一次，是我國二在家長面談後的回家路上跟她吵架，脫口說出「妳又不是我爸媽」。那時候夏子的表情有多麼悲傷，我到現在都還記得一清二楚。問題不在於關係親密所以不拘小節，而是因為親近所以才不可以說這種話。但夏子並沒有特別責備我，而是沉默著沒多說什麼，這種成熟的應對讓我更加受挫。

高中和大學我都很幸運地能夠從家中通勤，話雖如此，還是得忍受單程兩小時左右的車程，所以高中時代要參加社團、大學時代安排打工和研究室實驗等都相當耗費工夫。我有拿到可以勉強支付學費的獎學金，但實在不好開口說我要去外面住。尤其是夏子也沒有叫我滾出去，反而是一大早起來跟我一起吃飯，還幫我準備便當。

「我絕對不會讓你被人家說『凜的便當好老氣』的！」

她擅自發下這種豪語，翻看各種書籍、雜誌和網路，每天幫我做五彩繽紛的便當。

「這樣我的午餐也很豐富，是一石二鳥啊。」

雖然她笑著這麼說，但肯定是相當辛苦。

夏子的炸雞塊、小漢堡還有千層豬排都是人間美味，就連朋友們都會拚命拜託我說「給我一個嘛！」。另外還有馬鈴薯沙拉、紅蘿蔔炒蛋、涼拌牛蒡、涼拌蓮藕絲等配菜也都超棒，我的便當時間總是非常開心。

除了豐富的配色以外，還有兩個大的飯糰，一個包梅干，另一個則包了鹽昆布。梅干那個用烤過的海苔包起來，鹽昆布那個則捲上了昆布絲。而且那飯糰一個就是別人的兩倍大，就算是放學後參加社團活動，也還足以撐到晚餐時間。

我開始一個人住以後，就都去超商買飯糰，剛開始拿起來的時候，總是心想這也太輕了吧。沒辦法，畢竟都市比較多人擔心吃太多。像我就算是吃五個也還覺得不夠，但因為太貴了只能勉強吃三個。也因為這樣，最近幾乎是在夢裡都會夢到夏子幫我捏的飯糰。

話說回來，因為就職而到了東京來，才發現自己還真的是什麼都不會。在我搬家的一個月前，就請夏子訓練我做家事，所以打掃跟洗衣服這些還算勉強能做，但要我做飯實在太難了。

總之我只有勉強記得怎麼用電子鍋，之後就是配沖泡式味噌湯和另外買來的熟食配菜。公寓附近有很多便利商店和超市，但我到處嘗試各家熟食的口味都覺得不太對胃口，雖然是能吃飽但總覺得不是吃得特別開心。好像自從我來到東京，就不曾有過吃了什麼東西而覺得心情得以放鬆。

也因為這樣，今天中午我刻意努力了一下，花錢到西餐老店去吃他們特別有名的雞肉炒飯和炸蝦。套餐搭配了蔬菜湯和小碗沙拉，價格實在是有點驚人，不過我就當成是給自己的獎賞了。口味確實讓人心服，不知為何也讓我想起那時和夏子去百貨公司時吃的漢堡排和炸蝦。

而且不禁想著，可以的話真想和夏子一起吃這份料理。她今天中午吃了什麼呢？

猛然回神抬起頭，才看見桌邊有一個茶碗、放著潔白手巾的細長竹籠，還有個擺在小木盤上的銅鑼燒。旁邊還放著張紙條寫著「請在休息時享用」。

是什麼時候放的啊？我完全沒發現。學生時代的朋友、剛認識不久的同事也都笑過我「凜一旦集中精神，就根本看不到旁邊的東西」。不過他們畢竟是認識的人，在這第一次造訪的文具店，人家還好心借用我書桌，我這也真是太厚臉皮了，實在覺得有點丟臉。

在手邊的筆記本另外寫上「家長面談」、「第一次吵架」，還有「炸雞塊」、「紅蘿蔔絲」等等，好幾處文字都暈開或者筆畫不完整，我這才發現原來自己從剛才開始就在掉淚。但又覺得伸手擦眼睛的話，肯定更加沒完沒了，所以也不敢碰。

溼手巾冰冰涼涼的，一旁的茶碗冒著蒸氣，看來東西放在這裡還沒有很久。我打開溼手巾用兩手蓋在臉上，冰冰涼涼的對於哭腫的眼皮來說實在非常舒服。

在我出發前往東京的前一天，夏子說「有好一陣子沒辦法讓你吃到我做的東西了」，所以幫我做了很多我愛吃的，包括自從那個二分之一成人式之後就都沒做過的紅豆飯。

夏子的古稀之年和我的成人式因為我們各自的時間對不上，所以也沒有特別慶祝，就這樣過去了。但說起來其實是因為我一直以打工和研究室為優先，所以時間才對不上的……

夏子一臉開心地看著我動筷吃起滿桌的餐點。

「妳也吃啊。」
「……嗯，我等等吃。」
夏子一邊啜飲著乾杯時沒喝完的那杯啤酒，一邊點著頭。
「欸到底怎麼啦？好像很沒精神耶。」
「咦？是嗎？嗯……可能太拚命做菜，有點累了吧。」
夏子輕輕笑著。
「凜，我說啊。」
「嗯？」
「唔，沒事……好好享受東京喔。」
夏子說著又繼續說什麼「東京啊，我也想去看看呢」。
「妳可以去玩啊？」
夏子沉默地搖搖頭。
「如果只是去玩，那我有去過東京喔，雖然已經是幾十年前了。」
「……是喔。」
對話又斷了。掛在柱子上古老鐘擺的滴答滴答聲在餐桌上迴響。
不知道過了幾分鐘，我放下筷子看著夏子的臉。

「夏子，那個……」

「嗯？」

「呃，那個……我一直有點在意，我國中的時候講過很糟糕的話吧？對不起。我一直很想跟妳道歉，居然說什麼『妳又不是我爸媽』。」

夏子的表情有些驚訝，但馬上輕聲笑了起來。

「你那麼在意啊？」

「……因為真的是很過分啊。」

夏子輕輕搖著頭看向我。

「說老實話，那時候我的確有點難過，但仔細想想你媽對我說過更多更惡劣的話，這實在是不算什麼啦。說起來我還有點高興呢。」

「高興？」

「嗯，因為你一直都對我太客氣了，我覺得你偶爾任性一點也好啊。」

「講這什麼話……」

我實在是說不下去了，本來還想多說一句的，卻失去了說出口的機會。

「而且凜啊，我也有件事情得跟你道歉呢。」

夏子放下手上的杯子，打直身子。

「二分之一成人式那時候啊，其實你媽有來說想要把你帶走。」

「……呃，是喔。」

「嗯，她說老公要調職到國外，自己也不知道該不該跟去。她說也可以讓老公自己去國外工作，然後帶你過去跟她一起住。畢竟如果要跟去國外的話，大概十年都不會回來，可能不會再有機會跟你住了。」

我還真是第一次聽說。

「我真的好生氣，覺得她也太任性了吧。但她畢竟是你的生母，所以我也很迷惘，不知道該怎麼辦才好。她也說了『我想和凜說說話』之類的，但十歲是正多愁善感的年紀，不可能冷靜下判斷，所以我反對這麼做。嗯，大概就像這樣，我們的談話始終沒有交集，所以我就提議來打個賭。」

「打賭？」

夏子輕輕點頭，繼續說著。

「你記得那個夏天我們一起去了百貨公司嗎？」

我好不容易想起來，短短回了：「……嗯。」

「那時候我把你丟在玩具賣場前面，然後離開了一下對吧？」

「喔對，妳說要去看化妝品，會馬上回來，叫我在那裡等妳。」

「那時候你媽就在你眼前。」

我真是啞口無言。

「我們約好要是你開口對她喊『媽？』的話，我就放手……」

夏子淚眼汪汪。

「那年我才剛屆花甲之年，但也有同學已經離世，我很不安，不知道自己能不能活到你可以獨立過活，但我又真的很想和你一起生活下去。所以她來找我商量的時候，我真的不知道該如何是好，所以才打這種賭。我好害怕知道結果……所以逃到樓上去了。就是在那時候去買鋼筆的。」

夏子好像沒有注意到自己直接稱呼女兒為「她」，然後用面紙按著眼睛繼續說下去。

「大概過了二十分鐘我回到玩具賣場，只看到你用力盯著模型展示櫃看，真是鬆了口氣……我還記得自己差點癱坐在地呢。後來我打電話問她情況，她說你完全沒有跟她說話，還說果然七年都不見面根本就是個錯誤。」

「嗯……」

「凜，對不起，當初還是應該讓你們好好談談的，這樣的話你說不定會有其他的人生機會啊，對不起。」

「……哎唷，沒差啦。」

我好不容易才擠出這句話。

「我吃飽了。」

說完後，我丟下了夏子，躲進自己的房間。

大部分行李都寄出去了，我的房間根本空蕩蕩。

想起那鋼筆，我拉開書桌抽屜拚命打撈，好不容易找到了當初收在深處的萬寶龍。立刻把它塞進後背包裡，那天晚上早早就鑽進棉被睡覺。

耳中聽著夏子在樓下洗東西的聲音，我沉沉入眠。

寫好信的時候都已經過了四點半。

開頭是「前略　夏子，妳過得好嗎？我很好」這樣。

接下來寫的是星期五拿到了第一份薪水，因為前輩員工建議「第一份薪水可以用來買禮物送給很照顧自己的人」，所以我到了銀座買東西。第一次來銀座，沒想到這裡的人這麼多。因為太多店家、太多商品，真的是不知道該買什麼才好。在百貨公司遇到資深店員貴島小姐，所以就跟她商量了這件事情。因為她請我喝的茶實在太好喝了，所以決定就送夏子這個東西，還寫下貴島小姐告訴我「可以附上一封信」。她幫我畫了地圖，所以我到一間叫四寶堂的老文具店買信封和信紙。店主叫做寶田硯，實在相當符合老文具店的感覺，還有他待客相當溫和的事情。我承蒙寶田先生的好意在店家二樓的書桌前寫這封信……信件內容就是我今天發生的事情。

「根本就是日記嘛。」

自言自語的同時我苦笑著，然後寫下「東京也有很多親切的人，還請您安心」。寫完之後算是鬆了口氣，我在椅子上伸了個大大的懶腰。手臂放下的時候不小心敲掉了原先裝著鋼筆的筆盒。

慌張站了起來蹲下一看，這才發現盒子裡面那個貼了絨布的底座掉了出來，旁邊還有張摺成小小張的紙片。我把所有東西撿起來之後坐好，將那紙片攤開。

紙片上是有著夏子個人特色的筆跡。

給凜

現在的我無法告訴你自己想表達的這件事情，

所以我就寫在這裡了。

凜，你的出生真的帶給我很多幸福。

今後我不知道還能跟你在一起多久，

畢竟我比你老了五十歲。
如果我的願望能實現，我希望一直在你的身邊，看著你的一切。
你會成為什麼樣的大人呢？會做什麼樣的工作呢？
我也好在意你會跟什麼樣的人談戀愛，好擔心你會不會被壞人騙了。
畢竟你是那麼溫柔的孩子。
但我也知道這樣實在是很多管閒事。
請大大展開你的翅膀。
永遠做一個正直凜然的人。
但是在你成為大人以前，
請讓我在你身邊多待一些時間。

夏子

不知道過了多久時間，我的眼淚始終沒停下來。大概重讀了五次以後，我才逼自己停止，要是再不停下來，我肯定要一直看下去。我用溼手巾擦了擦臉，把夏子給我的信仔仔細細摺回去，收到底座下面。然後，把剛才寫好的信撕掉了。

我站了起來，眺望著逐漸染紅的銀座天空，深呼吸三次讓心靈沉靜些，重新握起鋼筆，面對那一片空白的信紙。

完全無視原先的草稿，任憑鋼筆隨心情行雲流水。除了先前明明有機會卻沒有好好表達的感謝之意，還有我對於夏子的想念全部化為文字。神奇的是就連那些很難開口說出的話，都能夠用寫的寫出來。我想肯定是這支萬寶龍鋼筆被夏子施了魔法吧。

一回神發現已經寫滿了七張信紙，結尾是這樣的。

已經進了社會，這樣說好像有點丟臉……

但若可以的話，我真想馬上奔回妳的身邊。

我想哭到累了以後，盡情大吃妳做的飯。

但我想妳不會接受我丟下工作做這種事情的，

所以我會再加油一下。

我想妳應該也很寂寞，也請稍微再忍忍，

我預定中元節會有休假，還請妳等到那時候。

我會再寫信的，用妳送我的萬寶龍鋼筆。

祝好，期待再見。

呼！就在我重重吐氣的同時，後面傳來呼喚我的聲音。

「您寫好了嗎？」

「是的，終於寫好了。啊，謝謝您的茶和銅鑼燒，味道真的很棒。」

寶田先生說著「不、不」，還一臉惶恐的樣子。

「對了，信封上面應該要怎麼寫比較好啊？要跟茶一起寄過去的話，應該就不用寫地址了吧……」

「這個嘛，我想還是寫上收件人的姓名比較好。背面應該只需要寫您自己的名字。」

寶田先生從抽屜裡拿出一本書，一邊翻著說「這個是參考範例」，然後放在我眼前。我有樣學樣地在信封寫上「新田夏子收」，背面寫上「凜」。

將信紙摺成三等分之後裝進信封，糊上膠水封好，又加上「〆」與封字表示封緘。

「呼——！」

忍不住大鬆一口氣。寶田先生微笑著遞出了店內的紙袋。

「為了避免在交給貴島小姐之前弄髒，請用這個包起來。」

若是先前的我，肯定連要擠出句「真是不好意思」都相當需要勇氣，但回神時才發現自己已經站了起來，低頭說著「真、真是謝謝您」，連我自己都有些驚訝。

「請不必這樣，能幫上忙真是太好了。好啦，快送去松木屋百貨吧，最後一步囉。」

我將桌上的東西收進包包裡，寶田先生又遞給我一張打了個結的紙條。

「對了，有件事情要麻煩您，可以把這個交給貴島小姐嗎？」

「這個是什麼？」

「這個嘛，簡單的謝函。」

結上寫著「致貴島大德」，背面寫著「硯」。銀座的人還真的是與眾不同耶。

「好的，那麼我就收下了。」

我把謝函一起裝進了放著信件的紙袋裡，總覺得好像被交代了非常重要的任務。

去程沒有怎麼迷路，回程就更簡單了，花費不到去程的一半時間，我就回到了松木屋百貨公司。搭手扶梯到了地下樓層，貴島小姐就站在那裡，似乎是在等我。

「你回來啦。」

「抱歉有點晚了。」

感覺好像在跟夏子講話，我忍不住笑了出來。

「讓您久等了，這個麻煩您了。」

我從包包裡拿出信封遞給貴島小姐。更讓我驚訝的是，貴島小姐用兩手接過，還彷彿禮拜似的低下了頭。

「好的，那麼我就收下了。」

如此俐落的表情實在非常美麗，我看著呆了一會兒，又想起寶田先生交給我的東西。

「另外四寶堂的人請我轉交這個。」

我說著遞出了那打了個結的紙張。

結果貴島小姐倒是相當爽朗地說著：「哎呀，小硯也懂得做這種漂亮事啦。」隨即打開那結。

「上面寫了什麼呢？」

「哎唷，搞不好是情書耶，怎麼隨口就問啦。開玩笑的啦，上面寫說『非常感謝您介紹了一位好客人。近日有許多新款明信片，敝店誠摯歡迎您的到來』，就不能寫得更有感情點嗎？真是的。不過就小硯來說算是不錯啦。」

看著貴島小姐笑得如此爽朗，我重新站好，低下了頭。

「實在是受了您很多照顧，非常感謝。」

貴島小姐看來有些驚訝，但馬上打直背脊漂亮地回禮。

「沒有這回事，謝謝您的光臨。」

我終於能在想到的時候就把「謝謝」說出口。或許這只是非常小的事情，但對我來說可能是今天最大的收穫。

～

雨日銀座光景可是美如畫到被當成新版畫的題材，但畢竟沒有拱形天花板也沒有地下街，所以客人也會減少。

準備好要開店的四寶堂文具店店主寶田硯將傘架放到大門旁，被雨水打溼的青綠色柳樹讓人眼睛一亮，與店門外那古老的朱紅色郵筒互相映襯。眺望著行人稀疏的道路好一會兒，他才回到店內。

正打算關上往兩邊敞開的玻璃門，一位年輕客人走來。硯推著正要關上的門，輕聲說著「歡迎光臨」。

「您還記得我嗎？」

年輕客人有些惡作劇地笑著，順手收起塑膠傘後插進傘架。

「當然了，新田先生，歡迎光臨。」

「連名字都記得喔。」

一邊歡迎一臉驚訝的新田入店，硯又補上一句。

「是的，因為我不會忘記您那樣認真寫信的樣子。」

新田有些害羞地搔搔頭。

「前些日子實在是受您照顧了。後來我外婆很快就回信，看她寫的內容真的是很高興的樣子。我也覺得自己內心煩悶的那種感覺，在寫了信後好像就消失無蹤了。」

「哎呀呀，那真是太好了。」

「還有後來我在工作上也會用鋼筆，覺得自己有點迷惘的時候，那支萬寶龍好像就能推我一把，讓我前進。先前我都把事情悶在心裡，該說的話都說不出口，但最近感覺我好像慢慢能夠好好把話說出口了。」

「哎呀，這樣啊。」

硯的聲音聽起來有些驚訝。

「所以我想寫信告訴外婆我的近況，就又來打擾了。先前買的信紙和信封是還有剩，但我有點想買其他款式，有沒有推薦的呢？另外就是今天能借二樓的書桌嗎？」

「當然，沒有問題。」

硯爽朗回應著，和新田一起走向店內後方。

雨天實在不巧，但在東京銀座的一角，四寶堂文具店飄盪著有如溫暖晴天般的柔和空氣。

〈萬用手帳〉

雖然我在店裡已經盡可能加快讓大家喝醉的速度，但還是得陪著續攤。等到好不容易把客人送上計程車，都已經三點多了。

回到房間沖了個澡，明明該直接走向書桌的，壞就壞在稍微在沙發上坐了一會兒。一回神已經透過蕾絲窗簾看到早晨的太陽，我是睡了多久啊？

慌忙移動到餐廳，打開丟在桌上的電腦，果然郵件已經堆積如山。幾乎都是「關於樓層配置」、「商標選擇進度」、「男性工作人員錄用」等商量和確認事項。

雖然有一大堆還沒點開的信件，卻有個標題猛然躍入我的眼中。

「明天前務必執行」。

光是看標題和寄件人，不必點開郵件我也知道內容。

我也希望早點解決啊，卻不知道該如何是好。就算知道痛苦掙扎毫無意義，也還是嘗試在網路上搜尋相關資訊，但都是些一般情況，對於現在的我根本毫無幫助。

說到底我手邊根本沒有需要做那件事情用的東西。從前的女公關似乎不會寫字就做不來，但現在有智慧型手機在手就萬事順利。甚至可以說把信件寄到對方家裡或者工作的地方，都很容易造成對方的困擾，會因此感到高興的客人已經不多了。

「……果然還是該先買東西吧。」

忍不住自言自語起來，我是那種所有事情都一板一眼的人，不管是興趣還是工作都一樣。要是沒準備好工具或者服裝，就提不起興致。這方面我應該還是受到了阿文媽媽的影響。

下定決心之後心情稍微開朗了些，把咖啡豆裝進咖啡機，吐司放進吐司機裡，蛋打在平底鍋上的培根旁邊，再將萵苣切成絲。加上一杯柳橙汁，就是相當豐富的早餐。

我嚴守著阿文媽媽的教誨，將訂閱了好幾年的五份全國報和兩份體育報放在早餐旁一邊閱讀，吃完後換上相當樸素的褲裝。快速畫上稍微收斂的妝容，想著要把買的東西帶回來，將錢包、手機、慣用的 Filofax 萬用手帳都丟進大托特包裡。

在玄關旁邊的全身鏡確認過自己的服裝後，選了低跟的鞋子。最近除了要去店裡上班以外，我盡可能搭乘電車和公車這類公共交通工具。對於太過忙碌無法好好前往健身房的我來說，就算只是這麼點距離，步行仍然是很重要的運動。

從我家到銀座搭計程車花不到三十分鐘，但搭電車的話得要先走到車站，再轉兩次車，花五十分鐘才能到。而且我今天要去的地方不是七丁目或八丁目附近，是我不太熟悉的地方。

靠著手機上的地圖走在小巷裡，不久後便找到了用來當指標的圓形郵筒。想著太好了連忙快步走過去，但是……

「公休日」。

玻璃門內掛的那塊木牌子上，墨跡清清楚楚這樣寫著。我慌張地再次確認店家的網頁。上面明確寫著「公休日：每週三」，而且營業時間是「早上十點～晚上七點」。現在是星期三早上剛過九點，店裡別說是人影了，連盞燈都沒點。

「……真是糟糕。」

慌張大意就是我的壞習慣。

「您怎麼了嗎？」

後面忽然傳來聲音，嚇得我跳了起來。連忙回頭，是一個穿著灰色POLO衫和淺卡其色棉布長褲的三十多歲男性。或許是我跳起來也嚇到他了吧，他上半身後仰著，一臉錯愕。

「呃……啊，抱歉嚇到您了。我到這裡才發現今天休假，正不知道該如何是好。」

「哎呀，真是不好意思。實在相當抱歉，今天是公休日。」

那男人一臉實在萬分愧疚地低下頭。

「呃，請問，您是這店家的人嗎？」

雖然這樣似乎有點不禮貌，但我還是忍不住開口詢問。

「是的，我是……」

「那個！雖然店家休假，我這樣說真的是非常抱歉，但我今天一定要寫好離職申請書才行。所以希望您能幫我介紹用在這方面也沒問題、比較正式的信紙和信封。您休假還這樣麻煩真是抱歉，但能不能幫幫忙呢？」

男人稍微側了側頭，似乎是在思考，接著輕輕點了頭。

「好的，那麼請往這邊走。既然您都特地過來了，應該也事出有因，當然是要幫您準備東西的。」

他說著便跨步走出。

跟著他走到店家後方，眼前是一扇與店家氛圍大異其趣的古老木門。門柱上的小看板上寫著「四寶堂　業務門」，還掛上了名牌「寶田」。看來這個人姓寶田。

跟隨寶田先生進了門後，他關上了木門。

「請往這裡走。」

寶田先生拉開了玄關門，混凝土地前左右都有拉門，寶田先生拉開右方的拉門說：

「這邊請。」我們來到店家的商品販賣處。

「打擾了。」

等我走進店鋪，寶田先生背著手關上了拉門。在空無一人的店鋪裡，理所當然地靜默無聲，排列在架上的商品也彷彿沉睡著。畢竟現在時間比較早，從大馬路方向射進來的光線也不強，沒開燈的店裡讓人感覺有些寂寥而陰暗。

一樣是店家，這裡卻和我工作的地方完全相反。我們那裡在營業時間會使用柔和的暖色間接照明，將店裡的光線調整得比較昏暗。但非營業時間就會打開亮閃閃的白色LED燈，這樣一來營業時怎樣都找不到的耳環或者客人的袖釦之類的東西通常都能輕鬆發現。

「來，請往這邊走。」

寶田先生指向的方向有著擺放各式各樣商品的架子，再往前則是樓梯。那陰暗階梯的上方可以窺見略為明亮的二樓。

「真是抱歉要請您移步到二樓，要是在一樓談的話，很可能會有客人誤以為我們今天有營業。」

寶田先生說著：「來，這邊請。」讓我趕緊上了二樓。

只不過往上一層而已，二樓卻非常明亮。可能是因為窗簾全部拉開，所以看起來相當寬敞。

右邊有個略為高起的榻榻米平臺，另一邊則設置了一整面的抽屜和拉門。看起來就像在臺灣看到的中藥店藥櫃。

房間中間有六張長型工作檯排成了口字型，看起來和辦公室會放在會議室的桌子有些相似，不過深度和寬度都大上許多。桌面是相當結實的合板，桌腳和側板都很寬，底下的輪子也是推車會裝的那種橡膠製輪子，擋片零件很大，總覺得有點像是戲劇用的舞臺裝置。

左邊最裡面的窗邊有張大書桌，風格略帶些時代感，在這白色明亮的房間中大放異彩。

「來，請這邊坐。」

寶田先生拉開中央工作檯一旁的椅子。

「謝謝您。」

我老實地在他拉出的椅子上坐下，接著馬上將托特包放在腳邊，從裡面拿出萬用手帳和高仕的原子筆擺在桌上。其實我也不覺得應該會需要寫筆記，但該說是習慣難改嗎？總之只要在有書桌的地方坐下，我就會下意識地把這些東西拿出來。

「您的聲音相當好聽呢，尤其是說『謝謝您』的音調聽來實在相當舒服。我想您應該練習了很久吧。」

寶田先生笑著說完以後，又加上一句「您請稍等一下」。

他走向牆壁那邊的抽屜，從裡面拿出幾種信紙和信封，在我的眼前一字排開。

「這些是比較基本款的，基本上可以用於任何用途。看起來可能非常樸素，不過我想應該會比較適合用來寫離職申請……另外實在不好意思，想確認一下是『離職申請』而非『離職書』對吧？」

「咦？啊，對，我是打算寫離職申請。不過離職申請跟離職書不一樣嗎？」

寶田先生輕輕點了頭。

「『離職申請』是商量想要離職的時候用的；而『離職書』則是已經取得離職同意後，以書面正式告知離職意願的時候遞交。」

「……喔，原來不一樣啊。」

「那個……您還沒有將自己想要離職的事情告訴上司嗎？大部分的人都會口頭上告知希望能夠離職，很少人真的會寫『離職申請』或者『辭呈』之類的東西……」

我一時啞口無言。

「……嗯，就是想說但是說不出口，所以才想說那我先交出離職申請好了。」

寶田先生支支吾吾了好一會兒又沉默了一下。

「或許是我多管閒事，不過看來您是事出有因。方便的話可以稍微和我談談嗎？我想這也是一種緣分，我希望自己也能略盡棉薄之力。」

「哎呀……但這樣會不會太麻煩您？」

寶田先生輕輕搖搖頭。

「不，反正我就住在這裡而已，等等也沒有什麼預定要做的事。頂多就是想想下午要不要來替換一下架上的商品而已，所以還請您不用太過客氣。」

寶田先生說著，便將剛才拿給我看的商品又收回了原先的抽屜當中。

「真、真是抱歉。」

我忍不住起身低下了頭。寶田先生反而慌張地說：「請不要這樣，客人對我做這種事情，會讓我遭天譴的。」接著他又說：

「嗯——在談話之前，方便讓我去備茶嗎？」

「茶嗎？當然的，您請方便。畢竟是我給您添了麻煩。」

寶田先生鬆了口氣，重重點了頭。

「那麼我馬上去準備，很快就回來，還請您在此稍候。」

他說完便消失在門後。

我忍不住嘆了口氣，原先打直的背脊也歪歪扭扭地靠到了椅背上。畢竟睡眠不足，實在很難集中精神。

拿起萬用手帳，翻開了寫著「To Do」的目錄頁。上面寫著「印鑑證明」、「住民票」、「開張通知草稿」，然後是「離職申請」。離職申請四個字前面有個紅色星星，底下還畫了波浪線大為強調。看到的瞬間忍不住又嘆了口氣。

發著呆的同時，耳中傳來開門的聲響，連忙打直腰桿。這種樣子要是被阿文媽媽看到，肯定要大罵。

「問題不在於有沒有人看著，而是要在心裡打造出經常性客觀監視自己的『另一個自己』！畢竟再怎麼說，人都無法欺騙自己。」

我想她肯定會這樣斥責我吧。忍不住想著，我的修為還是不夠呢……或許我現在打算做的事情，還是過於有勇無謀。

「久等了。」

寶田先生拿著一個長托盤回來，放在桌上以後，他從口袋裡拿出名片夾，抽出了一張名片遞給我。

「真是抱歉這麼晚才自我介紹。我是文具店『四寶堂』的店主寶田硯，還請您多多指教。」

對方突然如此客氣地自我介紹，反而讓我慌張了起來。連忙把手伸進了包包裡，但慌張出門前丟進包包裡的東西並不包含名片夾。雖然心想著「糟了！」，還是盡可能一臉冷靜地從萬用手帳的卡片袋中抽出一張備用的名片。

「我是『阿文酒店』的百合。」

「是那種比較高級的酒店嗎？」

「嗯，沒錯。」

「不是那種會被人家說什麼『酒家』的，而是正式的『酒店』對吧？」

我忍不住笑了出來。雖然這是我一廂情願，但還真是沒有想到會從硯先生口中吐出什麼「酒家」這種詞彙。硯先生道著歉：「真是抱歉，打斷了對話。」

「不，我工作的阿文酒店在銀座也是屈指可數的知名店家，店主人阿文媽媽桑是在上一次東京奧運那年開店，因此已經有超過半世紀的歷史。」

硯先生輕輕「啊——」了一聲。

「雖然我長年居住在銀座，但真的是相當不好意思，我跟酒店之類的店家實在無緣。不過我也聽說過『阿文酒店』的名字。我記得那些銀座導覽雜誌，或者是針對酒店的電視特集節目也經常提到貴店吧？」

硯先生一邊仔細聽我說話，一邊將茶葉放進茶壺裡。

「是的，阿文媽媽為了協助提升銀座這些在業界中被稱為特種行業的工作者地位，所以只要有人採訪，她都會答應。不過我想攝影機應該從來沒有進到店裡，每一次採訪都是在辦公室那邊的會客室進行。」

硯先生一邊點頭回應，同時將茶壺內的茶湯分倒進茶碗和茶杯當中。茶碗、茶杯，輪流來回倒入茶湯，平均了兩個容器裡的茶湯濃度。我明明坐得離他有些距離，卻聞到了飄散過來的茶香。真讓人驚訝，一杯茶也能有如此盈滿整個房間的豐郁香氣。

「請用。」

硯先生雙手將茶盤推了過來，我也忍不住低下頭回道「那麼我不客氣了」，簡直就像是茶道的往來。雖然這樣似乎有點沒禮貌，但我還是馬上掀起杯蓋，拿起茶碗。才將杯子舉到下巴的高度，香氣便搔動了鼻腔。哎呀何止是搔動，完全就是撲鼻而來。呼地吹出一口氣，輕輕含了口茶湯。從唇瓣之間溜入的茶湯在嘴裡繞了一圈之後奔向喉頭，口味相當甘甜鮮美，從鼻腔竄出的香氣讓人更加心曠神怡。

「哎呀……真好喝。」

我忍不住脫口而出。

「太好了。」

硯先生微笑著，接著喃喃催促我說下去。

「那麼方便的話，想請您稍微談談那件事情。」

我輕輕點了頭。

我第一次見到阿文媽媽是在來到東京不久，那時我剛透過高中學長的介紹，在銀座的鮮花店打工沒多久。我的工作就是把鮮花送到酒店、小酒吧、高級餐館、西餐廳等餐飲店去，但是銀座的小巷子很多，常常找不到單子上寫的地址到底在哪裡。那時候我的手機也還是普通的按鍵手機，根本沒有什麼地圖ＡＰＰ。

那天我也是怎樣都找不到客人的地址，手上拿著從店裡借來的簡單地圖和送貨單據束手無策。我出來送貨已經超過三十分鐘，指定該到貨的時間就快要到了。四月下旬明明天氣沒有多熱，但可能是我到處徘徊，額頭上幾乎要滴下汗來。

「妳怎麼啦？」

忽然有人叫住我。

「那、那個，我想去這、這邊……您知道這在哪裡嗎？好像是賣天婦羅的。」

雖然很沒禮貌，我還是遞出了送貨單。眼前的女性穿著看起來相當高級的套裝，而且聞起來好香。我這才發現自己身上的汗臭。

「哎呀，真是太巧了，我正好要去這個地方呢。方便的話我們一起過去吧，就在前面而已。」

接著她向我招招手說「走這邊」，然後先跨出一步。

「妳是花店的人吧？工讀生嗎？」

她略略回頭問我。

「啊，對。我上星期才開始工作的。」

「這樣啊？哎呀，要搞清楚這一帶的路線可要費點工夫呢。不過這樣能稍微運動一下，看著許多花能夠磨練自己的美感，去客人那裡應該也能夠學到很多不同的東西，我覺得是很好的打工呢。加油囉。妳看，就是這裡。對吧？很近吧？」

真的是花不到三分鐘就走到了我要送貨的地方。

「好啦，快去交貨。」

「啊，那個，您請先進去吧。距離到貨指定時間還要一下，託您的福我剛才迷路那麼久，可是一下就到了。啊，對不起，我忘了道謝。真的很謝謝您。」

我慌張地低下頭。那個人爽朗地笑了起來，搖搖頭。

「太誇張啦，不過我很開心能幫上妳的忙。話說回來妳相當有禮貌，也體貼又老實……現在很少見了呢，那我們有機會再見囉。」

那個人沒打算進去店裡就要離開了。

「那個，您不進去嗎？」

「嗯？喔，我忽然想起了有急事要辦，之後再過來吧。再見囉。」

她說完便往來時方向離開了，這時天婦羅店長正好走了出來。

「哎呀，花店的，辛苦啦。妳剛才在跟誰說話嗎？」

「是的，是那位女士。我迷路的時候她特地帶我過來這邊。」

我指向那遠去的背影，店長「啊啊！」了一聲，忽然大聲喊著：「您好啊！」結果那個人有些驚訝地回頭，點了點頭之後揮揮手。

「那位女士是？」

「咦！妳不知道就請她帶路嗎？哎呀像妳這麼年輕的孩子也是啦。那個人是阿文媽媽桑，可以說就是銀座高級酒店最具代表性的人喔。」

那天工作結束後，我請店家幫我包了一支大紅色的玫瑰。通常店員都可以用折扣價購買剩下的花，但那天我硬是要店家用普通價格幫我挑了一支狀態最好的紅玫瑰。光是一朵就要一千日幣。

我帶著那朵花敲響阿文酒店的大門，傍晚五點還沒有半個客人。話雖如此，我一個穿著牛仔褲和球鞋又完全沒化妝的十八歲女孩，簡直就像走錯地方。光是回想起來我就渾身冒冷汗，但我當時真的是不顧一切，只想要好好道謝。

後來我才知道幫我開門的那位穿著深色西裝的大叔，其實是店家的總經理。我跟他說想見阿文媽媽，他看來有些驚訝，但還是馬上帶我走到吧檯邊，並且幫我請阿文媽媽出來。

阿文媽媽走出來的時候打扮和白天不一樣，身穿和服而且頭髮也經過造型。

「哎呀，這不是花店的人嗎？怎麼啦？」

「呃，那個，今天真的承蒙您照顧了，所以我想送您個禮物……」

吧檯的一角有個好大的花瓶插了一大束花，在店內後方還擺著更加豪華氣派的花飾。雖然這樣說有點誇張，但我只拿了一朵玫瑰，實在是覺得丟臉到遞不出去。

「請讓我看看妳手上的東西吧。」

完全被對方看透，我只能戰戰兢兢遞出玫瑰。

「這是要給我的嗎？我可以收下嗎？」

「真抱歉，我是向天婦羅店長問了店家的地址，不知道是這麼氣派的店……白天真的非常謝謝您。」

我遞出了玫瑰。阿文媽媽兩手接過，深深低下頭。

「別這麼說。我才該謝謝妳還特地準備了這麼漂亮的玫瑰，真的很感激。來，妳在這邊坐一下。」

總經理聽見這句話馬上為我拉過高腳椅。

「咦，可是這樣會給您添麻煩，我馬上就走。」

「說什麼傻話，這裡可是酒店呢。怎麼能讓進門的人滴水不沾就走了？哎呀，不過妳幾歲啊？」

在我回答十八以後，她笑著說：「真遺憾，看來是不能開香檳了！」又轉頭對酒保說：「幫這位調一杯特製的新鮮果汁吧。」然後又說：「幫我把這個插在單花用的水晶瓶裡。」

酒保恭敬地接過玫瑰，我們兩人默默地看著他鄭重其事把花插好。同時有其他工作人員將裝了果汁的玻璃杯放在我眼前，阿文媽媽眼前則是香檳杯。總經理說著：「看來是場美好的相遇，這是我送給阿文媽媽的禮物。」然後為她倒入香檳。

「哎呀，夠豪爽！那麼我就不客氣囉。」

就像是要回應這句話，那朵玫瑰被輕輕放在我和阿文媽媽中間。

「欸，妳知道單支的大紅色玫瑰的花語是什麼嗎？」

實在慚愧，真的不知道。我搖了搖頭。

「是一見鍾情喔。」

我想當時我一定是滿臉通紅，但的確沒錯，我對阿文媽媽一見鍾情。

「來，乾杯吧。哎呀對了，還沒好好打過招呼呢。」

阿文媽媽接過總經理遞過來的名片交給我。

「我是在這裡當媽媽桑的阿文，請多多指教囉。」

我伸出雙手接下，並報上姓名：「我是川相百合。」

「百合啊……百合送了我一朵玫瑰，哎呀好像小說呢。但幸好不是一朵百合。」

「呃，我在花店打工但實在是很丟臉，都不知道什麼花語……一朵百合是什麼意思呢？」

站在後面的總經理回答了我的問題：「容我插個嘴……若我沒有記錯的話，應該是『獻給死者』吧。」我慌張地回問：「是、是喔？」阿文媽媽開心地看著我，又添了句話。

「畢竟嘴巴壞的人都說我『肯定是怪物或者妖怪』呢，但我還不會服輸的！」

如此可愛的語氣聽得我也笑了出來。

「對了，妳滿二十歲之後要不要來我這裡打工？喔不用馬上回答我，妳好好想想。或者說等妳滿二十歲以後，就到那張名片後面寫的『辦公室』那裡露個臉吧。妳真的好老實又可愛，實在很棒。欸我說，你可得記住這孩子唷。」

總經理聽了便低頭回答：「明白了。」

就因為這樣，我在大學三年級的黃金週過後開始在阿文酒店工作，前前後後也十年過去了。一般來說女孩子只要十八歲以上就可以在酒店做女公關的工作，不過阿文酒店只錄取二十歲以上的人，所以我也等了兩年。阿文媽媽是這麼說的：「畢竟這是喝酒的地方啊，哪有勸客人喝酒但自己不能喝的道理呢？當然酒量不好也沒什麼關係，不需要勉強自己多喝，但總不能讓客人成了違法的協助者吧。」

說起來阿文媽媽也不錄取抽菸的人，不管是女公關還是男性工作人員都一樣。

「讓不吸菸的女孩子去招待老菸槍客人沒什麼問題，但不可能把抽菸的女孩送到不喜歡菸味的客人身邊吧？」

這理由實在光明磊落，但聽說有段時間由於這理由，連要錄取個新人都非常困難。當然在錄取以後才開始抽菸的話，對於氣味相當敏銳的阿文媽媽立刻就會發現，也會嚴厲告知：「要不就戒菸，否則就離職，你自己選吧。」聽說真的有幾位女公關和工作人員是因為這樣而離職的。

說起來因為法律規定的關係，店裡早就禁菸了，在我開始工作的時候，店裡已經有吸菸室。如果有客人實在很想抽菸，就會請他們移步到吸菸室。就算如此不方便，店裡生意還是相當興隆，可見阿文酒店是相當有魅力的店家。

說到底常客其實有很多留心自己健康狀況的人，所以很少人抽菸。而且就算是老菸槍也大多不是抽香菸，而是喜愛比較能夠享受香氣的菸捲或煙管。這些人一旦進了吸菸室，沒有一小時是不會出來的。吸菸室裡就只有那些老菸槍，不知道聊些什麼總是相當熱鬧。真不知道他們付了大把鈔票來這裡幹嘛的。

有些離題了，不過針對工讀生另外也還有各種限制。

「學生的本分是念書，所以來這裡打工，只要有稍微工作我就很滿足了。妳們應該也還是有賺到錢，只要不亂花錢或拿去貢獻給奇怪的男人，應該夠用吧？」

因為阿文媽媽都這麼說了，所以店裡會嚴格區分工讀生和全職女公關。現在也是如此，禁止工讀生女公關伴客入店，也不可以陪續攤。

「那個……伴客入店和續攤是什麼？」

硯先生忍不住插嘴。

「咦？喔，對了你不知道。伴客入店就是在開店前讓客人請吃晚餐，然後直接和客人一起進到店裡。雖然是客人請吃飯，但因為是上班以外的時間陪客人，所以其實也是上班。續攤就是關店後一起去喝酒，這個也算是加班的一種。」

「哇……就算在店外也還得要陪客人嗎?真辛苦呢。」

如果要伴客入店，那麼就得在六點的時候前往餐廳或料亭，再加上準備時間之類的，大概四點就得到銀座，這樣一來會對下午到傍晚的課程產生影響。

續攤則是在關店後，所以再怎麼快也得陪客人到兩點左右。在那之後回家東摸摸西摸摸上床也快要天亮了，雖然不是辦不到，但實在很難趕上第一堂課。

如果這種情況重複下去，就會逐漸遠離學校，甚至可能輟學。阿文媽媽非常討厭這種情況。

「好不容易才能去上學，要好好畢業才行。就算現在還不知道讀書有什麼意義，一定會有一天覺得幸好當初有順利拿到畢業證書的。」

她這麼說著，還努力調整女公關工讀生們的上班時間。如果接近考試、專題小組或是研究室必須和同學外宿之類的話，也可以不用客氣直接向酒店請假。

順帶一提如果把成績單影本交給阿文媽媽，還會根據成績好壞發獎學金。一個S就三千日幣，A是一千，B和C沒有錢;不合格的D要扣五百，F就要扣一千。通常大家多半能拿到一萬到兩萬左右，對阿文媽媽來說這不過是點小錢，但對於工讀生來說仍然是筆臨時收入，當然能夠提高念書意願。

阿文媽媽雖然嚴格區分工讀生和全職人員的工作時間，但在教育上卻是完全不妥協，不管是老鳥還是新進員工，所有人都必須參加讀書會。

「讀書會？是請其他人或者講師之類的來演講嗎？」

硯先生的反應很正常。

「是啊，大概每個月一次左右……講師都是非常一流的老師，而且大家都有自己的專業，我身為聽眾一點都不會覺得無聊，甚至覺得非常期待。嗯？內容嗎？這個嘛，政治、經濟，有時候是當下流行的科學領域話題，還有歷史主題也很多。媽媽桑會和經理們商量，排出一整年的課程。」

「喔，真是厲害。」

硯先生支著下巴，看來非常感動。

「是啊，畢竟為了能和客人流暢地談天說地，還是得多下工夫、要有一定的知識。這麼說來那些講師離開以後，阿文媽媽一定會說『好啦，剛才學的東西要好好收在腦袋的抽屜裡，絕對不可以在客人面前滔滔不絕。不要忘記妳們是為了能夠好好回應說話者而學習這些東西的。就算客人說的話跟剛才老師教的內容不一樣，也絕對不可以否定對方。大家懂了嗎？』。」

「聽您這麼說，我更加不敢去酒店了。」

硯先生大大嘆了口氣。

「嗯——這就讓人困擾啦。不過一流的女公關都很會聆聽的，我想應該大部分客人都不會發現這件事情。哎呀，總之阿文媽媽非常支持那些在念書的女公關和工作人員。」

沒錯，不管是多麼小的事情，阿文媽媽總是會看著那些努力的人。

我在阿文酒店工作大約兩星期後，參加了第一次讀書會，那時候的主題是「超級電腦」。對於文組的我來說簡直是在聽天方夜譚，說老實話內容是完全聽不懂，只能拚命把老師說的東西寫在筆記本上。因為實在是太多不懂的東西，筆記內容幾乎都只能用平假名和片假名寫成，笨拙到實在沒辦法給別人看。那時我心想著晚點來查那些我很在意的詞彙吧。

課程結束、老師離開以後，阿文媽媽走到我身邊。

「真棒，還會寫筆記。」

我手上拿的是進店之前去百圓商店買的筆記本和原子筆。

「每個月都會開一次讀書會，妳要養成這個習慣喔。妳攤開本子寫筆記還一臉

『我有拚命在聽！』的認真表情，我想老師們一定也會看見的。」

聽見阿文媽媽誇獎我，讓我覺得很開心。

「不過……這筆記本和原子筆不是很妥當呢。一流的女公關，身上的東西也都得要是一流的喔。噢，一流的東西並不一定非常昂貴，這點絕對不可以弄錯。無論價格多高，粗鄙的東西都不能叫做一流。」

接著又說了「那妳繼續加油喔」就離開了。雖然阿文媽媽跟我說話讓我很開心，但內容對我來說實在太難了。

那天回家路上，我稍微繞了點路去看看百貨公司的櫥窗。心想看著金光閃閃的擺設，或許能稍微理解何謂一流，但還是覺得沒有線索。

第二天我去上班，打開置物櫃發現裡面有個綁了緞帶的小包裹。打開包裝，裡面是筆記本以及一張有著阿文媽媽字跡的便箋。

給百合

這是妳昨天努力的獎勵，今後也請多多指教囉。

阿文

那筆記本有著類似皮革的豪華封面，打開來看上面寫著「Filofax Note Classic」，筆記本旁邊還有一支金色的原子筆。一旁的保證書上寫著「高仕　原子筆新經典世紀系列鍍14K金N1502」。

筆夾旁邊刻了個大小適中的書寫體「Yuri」。

先前自己從來沒有收到過別人的禮物，雖然事出突然讓我有些困惑，但還是高興到不行。

那天送走客人、回到店裡以後，趁著在電梯裡只有兩個人的時候，我趁機跟阿文媽媽道謝。結果阿文媽媽微微笑著簡短地說了聲「不客氣」，拍了拍我的肩膀。

那天晚上一回到房間，我就開始重抄前一天寫在百圓筆記本上面的內容。高仕的原子筆有些重量，也因此讓人覺得筆尖滑過的感覺很棒，能夠流暢地一路寫下去。後來在讀書會上我都用阿文媽媽送給我的Filofax筆記本和高仕的原子筆來寫筆記。當然那本筆記本早就寫完了，我一直都買一樣的來繼續使用，已經是第五本了。

「原來如此，所以您才會連萬用手帳也使用Filofax啊。」

硯先生明明不是坐在靠近我的地方，卻還是很清楚萬用手帳的品牌，真不愧是老文具店的店主。

「哎呀，不，這個又是其他因緣際會下阿文媽媽送給我的。」

「還真是越來越想見見那位阿文媽媽了呢。贈送文具其實是相當困難的，畢竟喜歡什麼樣的設計、顏色、大小這類文具外觀是因人而異，而且不管是筆或紙張，書寫感也都會因商品而有所不同。如果不是非常了解收禮的人，很難選出對方會覺得高興的物品。」

「是這樣嗎……不過阿文媽媽非常愛送禮物，除了我以外的女公關和工作人員也經常收到各式各樣的小禮物。除了生日、入店紀念日這類比較特別的日子以外，有時候收到還會覺得『為什麼今天要送我東西？』，像是心情消沉的時候，或者心情特別好的時候。」

硯先生喃喃說著：「嗯……真厲害哪。就好像媽媽一樣。」沒錯，阿文媽媽是店裡所有員工的媽媽。

除了在店裡舉辦讀書會以外，阿文媽媽也非常支持女公關和工作人員們學習各種事情。也因為這樣，包含總經理在內，還有好幾位經理跟樓層主管都有侍酒師的資格。酒保也有好幾位是可以在沒有女公關那種酒吧一樣能發揮手腕的高手，還有人曾經拿過國際性比賽的獎項。順帶一提，阿文酒店櫃檯內的酒保和外場人員的工作是分開的。

除了侍酒師資格或者酒保技術這類和店面業務直接相關的知識和技術以外，阿文媽媽也支持大家學習其他東西，櫃檯內的人就鼓勵他們取得廚師或營養師證照，外場的人則是簿記或勞動管理員資格等。視情況她甚至還會說什麼要給獎學金，補助大家專科學校或者空中大學的學費。

「雖然我希望你們能一直在這裡工作，但總有一天你們可能會結婚、多了家人，或是為了人生中的心動時刻而必須改變工作方式啊。畢竟夜晚的工作容易和家人疏遠，所以還是會想改成做日間的工作。那種時候說什麼『我曾在阿文酒店工作過』可是不行的。所以大家最好還是先取得證照，證明自己有那些技術和知識比較好。而且如果要考到證照需要打從基礎開始學的話，那麼為了矯正自己的壞習慣，去上證照需要的課程也是好的。」

她曾經這樣說過。對了，還有一個。

「如果非念書不可的話，就沒有空玩了吧？與其因為太閒了跑去賭博之類的，養成奇怪的興趣，這樣還比較好呢。」

她笑著說出這些話。真不知道有幾成是真心話，有幾成是在掩蓋自己的害羞。

總之阿文媽媽很愛操心，總是在意著女公關和工作人員的大小事。聽說工作人員那對兄弟要考試，她還特地去湯島的天神那裡祈福，求了護身符來給他們；要是女孩子說「頭有點痛……」，她馬上就會拿著急救箱飛奔過來……哎呀，真的是大家的「媽媽」呢。

當然對我來說，阿文媽媽就是我在東京的母親。不管是學校的事情、朋友或者男朋友，真的是無話不說，阿文媽媽也都很照顧我。我不過是個從鄉下到此的二十歲普通女孩，完全不懂世事，要是沒有遇見阿文媽媽的話，肯定沒有現在的我。

「有人說與他人的相遇，就是對人生最大的影響。」

聽硯先生這麼說，我重重點了點頭。

「……就是啊。」

我短短回應後繼續說下去。

因為阿文媽媽如此保護我，所以我看來應該也能順利畢業，接下來就要面對求職活動了。我原先是打算在畢業的同時就要在阿文酒店做一個全職的女公關，但是阿文媽媽的回應一直都很冷淡。

「妳先去體驗一下當普通的社會人士。業種是什麼都可以，最好是去那種比較硬派的公司。他們通常願意在員工教育上花時間和金錢，可以的話就去有上市的公司。然後妳要在那裡工作三年，如果還是想回來的話，到時候我就會雇用妳。」

我原本以為她也期待我畢業之後馬上可以全職工作，所以還挺失落的。但這應該也是阿文媽媽的溫柔之處吧。

「如果妳在公司或者客戶中認識了不錯的對象，那就結婚吧。如果可以不用回來的話，那樣比較好……」

她說這話的時候看來有些落寞。

結果我選擇到一間金屬加工機器的公司上班，向她報告說我確定能拿到工作以後，阿文媽媽開始調查他們的會計報表，她大概看了五分鐘以後重重點了點頭。

「應該沒問題。不是什麼氣派的公司，但看來業績頗為穩定。而且看他們的股東名冊，至少不是什麼有傳聞在銀座這一帶散財的人之類的。嗯，應該沒問題啦。」

其實那時候我就在想，現在比較喜歡六本木酒店或者麻布那一帶會員制酒吧的人很多，所以在銀座沒有花名在外，並不一定就表示不會花天酒地，但也不好說出口。

三月畢業典禮後沒多久，阿文媽媽找我到辦公室去。阿文媽媽除了阿文酒店以外，另外還有經營紅酒酒吧、義大利餐廳、咖啡廳等等店家，所以她也是經營這些店家的「Letter Box 股份有限公司」的董事長。

辦公室在七丁目和八丁目交界一帶的老舊公寓當中，房裡雖然打掃得相當乾淨卻非常樸素。我比指定時間早了五分鐘到，阿文媽媽穿著和我第一次見到她時很類似的俐落套裝、戴著眼鏡，和在店裡的樣子簡直是不同人。

才剛見到面，她就遞給我一個綁了漂亮繩結、寫著「賀就職」的信封，還有用包裝紙包起來的盒子。

「不多，只是個小賀禮。」

之後打開來才發現竟然放了二十萬日幣在裡面，對於給打工的女公關祝賀來說也實在太多了吧。

「買個三雙好鞋。都要好好保養，要讓人隨時低頭看見妳的腳都沒有問題。再怎麼說我一直都看著客人的腳，所以肯定沒錯。如果那個人穿著好好保養的鞋子，絕對不會是三流以下的人。」

打開同時拿到的盒子，裡面裝的就是Filofax的萬用手帳。

「如果沒有什麼特殊技能的話，文科的新進員工通常都會被分發到業務部，然而業務基本上取決於客戶是否喜歡妳。我知道百合妳很拚命、應該不會輸給任何人，所以這點還挺放心的啦。」

那是A5大小的黑色皮革筆記本，封面右下有「Yuri」的燙金文字。

「這裡也有各種業務會來，真的是五花八門呢。不過乍看之下的第一印象就決定了一半的事情，剩下的一半則是在交換名片和開始講正事之前的閒聊就決定了。能加強印象的就是筆記本和手帳，用什麼東西來寫筆記，會知道對方是否值得信任。最糟糕的就是那種寫在對方給的資料或目錄空白處的人，那種人根本不會遵守約定。」

一想到她因為擔心我在公司的情況還幫我準備了手帳，我就覺得好感動，眼淚就這樣掉在漂亮的皮革封面上。

「哎呀！這樣會滲進去啦，真是的。皮製的雖然堅固但真的很不耐水，對了，裡面的活頁紙在比較大的文具店或者網路上應該都能買到，妳就盡可能用完，然後早點出人頭地吧。」

她這麼說著便把我送出門。

如阿文媽媽預料的，我進了公司就被分發到業務部，負責大田區各中小企業的工廠。

客人都是一些會說「我家零件可是交貨給NASA的呢」，或者「要是我們不開發新的零件，智慧型手機這種東西就不會進化啦」這類個性相當強悍的社長，所以也有很多相當麻煩的訂單，但也因此相當有趣。

最奇妙的就是這類個性強烈的公司，反而員工都會稱呼老闆為「老爹」，負責會計工作的社長妻子則被稱為「太太」。

雖說是中小企業，比較大一點的公司，員工可能也會超過一百人，但老爹總是最早來到工廠，在門前掃地迎接所有員工。太太也會幫大家泡茶，就好像是把員工都當成家人一樣，就像阿文酒店那樣。也因為如此，我去拜訪客戶時總是相當開心。

自己公司商品的知識也只有實習時了解的那些，當我完全不了解客戶就前去拜訪時，就會到哪都拿著阿文媽媽送給我的Filofax萬用手帳拚命寫筆記。我將每個客戶的資料分開、寫下拜訪紀錄，嚴格遵守商務會議中約定的事情。

有一天，一直沒有向我們公司下訂單的客戶的太太，也就是社長的妻子接過我遞出的目錄，忽然相當感慨。

「川相小姐，妳真的很了不起呢。」

因為不懂對方在說什麼，想來我一定頭上冒出了一大堆問號。大概是我困惑的表情實在太好笑，太太實在忍俊不禁。

「妳的臉上寫著不知道我說什麼很了不起對吧？我說啊，通常我拜託對方『下次來的時候請帶目錄過來』，十個人裡頭大概只有一個人會好好拿來吧。畢竟現在目錄這種東西，可以從網站上面下載ＰＤＦ就好了，或許也是沒辦法要求的吧……但是有人能記住我拜託的事情，我真的很高興。」

她又說：「來，請用。」這是她第一次端茶給我。

「川相小姐總是在那本大手帳上面拚命寫筆記對吧？我家社長老說什麼『那個一定是惡魔筆記本！講太蠢的話會被記下來嘲笑喔』。但妳那種『絕對不會漏聽你們說的任何話！』拚命的樣子，我很喜歡呢。」

由於當時我的業務成績還不是很好，聽了這句話，高興到哭了出來。

「送的禮物能夠實際幫上對方的忙，這種情況真的非常罕見呢。」

硯先生感動地說著。

「……就是說啊。我曾經將這件事情告訴阿文媽媽，不過她說『那是因為百合妳拚命寫筆記，跟工具沒有關係啊』。但我想那只是她在害羞啦。」

「妳開始工作以後也有聯絡阿文媽媽嗎？」

「是啊，但與其說是我聯絡，其實常常是她聯絡我。就好像媽媽擔心離開老家的女兒，所以三不五時就要噓寒問暖。」

實際上阿文媽媽真的很常用LINE或電話聯絡我，問我「有好好吃飯嗎？」，或者是「天氣忽然變好冷，沒感冒吧？」之類的。真的都很簡短，但可以感受到她沒有忘記我，讓我覺得好高興。

有時候還會寄當季水果、果汁或者果凍之類的給我，附上一張便條寫著「客人送了很多，分給妳一些」。說老實話，一個人住真的會覺得很麻煩而不太買水果，所以實在感激不盡。我想那一定不是客人送的東西，是特地為了我買的吧。

當然，也有些真的是客人送的東西，這種情況大部分是魚。喜歡釣魚的客人如果釣到很多竹筴魚或者沙鮻的時候，就會用巨大的保麗龍箱子裝一大堆到店裡。

這種時候有日本廚師經驗的酒保就會把魚漂漂亮亮地殺好，然後做成炸魚片或者天婦羅幫客人加菜，剩下的就讓女公關和工作人員帶回去。

有時候真的是太多了，也會打電話給我。

「百合，方便來一下店裡嗎？」

這種時候一定是要給我好吃的魚，還會特別推算我到店裡的時間，端出剛炸好的竹筴魚或者沙鮻天婦羅，實在是好吃到無話可說。而且還連白飯跟味噌湯都準備好了……連那些常見到的老客人都開玩笑說我「根本就是回老家的女兒」。

就這樣，我在公司工作的三年一下子就過去了。第三年的一月，我和阿文媽媽約好了去辦公室見她。

我被帶到會客室，等待的時間拿出了我的 Filofax 萬用手帳，打開事前準備好的Q&A頁面。我已經重讀了好幾次寫在那一頁上面的內容，幾乎都背起來了。

阿文媽媽一進到會客室，就看著我放在膝頭上的手帳本。

「能讓我看看嗎？沒問題，我不會讀妳寫的內容。」

我闔上手帳本遞了過去，阿文媽媽相當慎重地用雙手接過，摸了摸封面。雖然我很小心使用，但多少還是有一些細小的痕跡。她像是要對每個痕跡說聲「辛苦了」那樣，用食指輕輕撫摸著封面。

「謝謝，還給妳。看得出來百合妳這三年真的相當努力呢。」

她說著就把筆記本還給我，還附上一句「看來那支高仕原子筆妳也有使用呢」。

不知道該接什麼話，我們陷入沉默好一會兒。我想應該沒有很久，最多也不會超過三分鐘，卻覺得漫長無比。

「哎呀，妳真的要回來嗎？我當然很高興，以一個經營者來說，能夠錄取具備即戰力又還相當有發展性的百合是很有魅力的，我實在是沒有拒絕的理由……三年好像很長，但也很快就過了呢。妳沒有遇到好的對象嗎？」

在我說出：「畢竟要找到比阿文媽媽您還要帥氣的人，實在太難了啊！」之後她便大大嘆了口氣將手伸向我：「好吧，那就多多指教囉。」

我現在依然清楚記得那時阿文媽媽手的觸感。

「越聽妳說這些事情，越是想見那位阿文媽媽呢。」

硯先生原先只有稍微回應，或者在有聽不懂的詞彙時發問，貫徹聆聽者身分，卻忽然喃喃這麼一句。原本我應該要回答：「當然！還請隨時光臨。」但我只能盡可能沉默著閃躲眼神。

「原來如此……所以才想寫離職申請嗎？」

我輕輕點頭繼續說下去。

我回到店裡以後很快就拿出成果，對店裡的營業額頗有貢獻。每天都過得非常快樂，真希望能夠一直待在阿文酒店。當然也很常失敗，被阿文媽媽責罵過好幾次。但無論被罵了多少次都不覺得痛苦，因為她的話語當中完全聽得出來她是愛著我的……我也不是很明白這是為什麼，總之那和學校老師或者公司的上司責罵我的感受不太一樣。我不太會形容，不過可能就像是小孩子被罵「突然跑到馬路上太危險了吧！」那種感覺吧。因為太過擔心我會不會發生什麼不好的事情，忍不住就罵了我。完全能夠感受到阿文媽媽的這種心情。

更何況說起來阿文媽媽也不是只對女公關和工作人員嚴格，要是有客人太過放肆，她也是很嚴厲的。

以前發生過這樣的事情。那是在我開始全職工作沒多久以後的事情，那位客人是在我離開店裡的時期開始常去的人，聽說經營的是開發智慧型手機用APP的公司。算是頗有人望、來店裡的時候也都花不少錢，不過一旦醉了就說話很難聽。

那天他和客戶吃過飯以後，續攤也在紅酒酒吧喝了不少，然後自己一個人來到店裡。我想那時候他真的已經相當醉了，根本無視安撫他的阿文媽媽，一直騷擾第一次接待他的我。追根究柢不斷發問，就是要知道我是哪間學校畢業、先前做了什麼工作之類的。

阿文媽媽好聲好氣不斷想勸他換位比較老手的小姐，他又說什麼「沒關係、沒關係，這孩子比較有趣」，就是不肯答應。

「又不是長得多漂亮，怎麼好意思在銀座當女公關啊？」

後來連這種話都說出口了。

「說這什麼話呀，我們這裡只有美女啦。」

阿文媽媽如此回應著，但客人似乎因此心情不是很好，之後還是一直灌酒。

就這樣，在阿文媽媽離席去送別的客人離店的時候，他又說了。

「喂，妳老爸老媽知道妳在這種店家工作嗎？搞不好他們以為妳還在做先前那個老實的工作呢。」

真是死纏爛打。爸媽在我國中的時候就離婚了，但是我和兩個人感情都很好，就算到了東京還是分別有跟他們聯絡。我先前來阿文酒店工作、後來辭掉公司回來這裡的事情也都有告訴他們，所以我隨口便回了「他們都知道喔，沒問題」。

「讓女兒在銀座工作，爸媽用那筆錢都在幹嘛啊。真傻眼耶。」

我想當時我肯定是臉色大變。我現在大概就能夠開玩笑說：「就是說啊！我很孝順吧？」之類的打哈哈帶過，但當時我才回到店裡，根本不知道該如何是好。

「妳那什麼表情啊？」

下一秒，客人手上玻璃杯裡的東西就全潑在了我臉上。旁邊的女孩子立刻發出尖叫，工作人員也慌張跑了過來。樓層經理馬上過來，詢問小姐是否有哪裡失禮。

「這傢伙一臉不爽瞪著我，就幫她洗個臉而已啦！」

經理面對大呼小叫的客人也只能閉上嘴巴，而此時阿文媽媽回來了。

「看來您似乎非常不滿意我們人員的招待，實在相當抱歉。」

說這話的同時她也深深低下頭。客人看起來也比較消了氣，在沙發上重新坐好。

「但是將飲料潑在別人臉上是種暴力，如果要起訴的話，是明確的犯罪行為。您是知道才這麼做的吧。」

「不、那個、呃……我只是手滑了。」

「這把年紀的大人還敢說這麼沒骨氣的藉口！自己做的事情就老實承認。」

面對如此尖銳的話語，客人似乎也嚇醒了，整個人僵住。

阿文媽媽呼地重重吐了一口氣，轉回平常那種沉穩的語氣說道。

「而且這裡的員工對我來說就是家人，對我重要家人施暴的人不是我的客人。請您立刻離開，而且不要再來了。喔，今天的帳就免了。」

然後催促工作人員「送他出去」，那個客人就被兩個工作人員拖著逼回去了。

阿文媽媽開始輪桌向周遭的客人道歉，並且送上店家招待的水果和飲料。我用毛巾和溼手巾趕緊將淋溼的臉和身體擦一擦，照阿文媽媽交代的跟著她一起到各桌邊繞行。

每張桌子的客人都非常溫柔地安慰我。

「辛苦妳啦，妳真的很能忍呢。」

阿文媽媽則輕鬆回應。

「哎呀，您聽見啦？」

「嗯，畢竟那傢伙根本就是用吼的嘛。」

「聽見了就幫忙救一下嘛～」

「哎呀，我也想說好像該出個頭啦？正這麼想，那傢伙居然就嘩啦潑過去了。才嘿咻一聲捲起襯衫袖子，您就出場了，我怎麼來得及呢。」

「哎呀——說什麼大話，我看您外套都還穿著啊，哪兒有辦法捲襯衫袖子呢。」

大家這樣隨口聊天，讓我實在是感激不盡。

阿文媽媽通常都會和常客去續攤的，不過那天她請我到她家裡去，那是位於佃島的高樓大廈中一間相當豪華的房間。她幫我放了洗澡水，要我「好好放鬆」。

我清楚記得泡在浴盆裡看著漂亮的夜景。

從浴室出來，阿文媽媽準備了茶泡飯，說「我們一起吃吧」。那是一大碗飯淋上焙茶，她還準備了米糠漬菜、鹽昆布和大顆的梅干，真的是沁入心脾和心靈。

我不經意看向桌子另一頭的阿文媽媽，發現她正在落淚。

「對不起，沒能保護妳。我怎麼會讓那種傢伙進到店裡呢？都是我不好，對不起……」

她說著便向我低下了頭。我從椅子上跳起來抱住了阿文媽媽，我們兩個就這樣抱著哭了好一會兒。

好不容易從阿文媽媽的胸前抬頭，發現眼前的運動衫上面寫著「Don't Worry!」。

「這什麼啊？阿文媽媽，妳的家居服也太沒品味了吧。」

我忍不住大笑。

「哎呀——又沒人看，沒關係吧？」

「咦～妳在店裡那麼完美主義耶？」

後來阿文媽媽的生日，我就會送很時髦的毛衣或者睡衣給她，畢竟我希望她永遠都是那個很完美的阿文媽媽。

因為這些事情，我希望能夠成為阿文媽媽的助力，非常努力想讓阿文酒店成長為一間更棒的店家。畢竟當時我也還年輕，不管是伴客入店或者續攤都不覺得辛苦，總之就是拚命工作了五年。

我的努力有了回報，成為在銀座小有名氣的女公關。這個業界經常有人在挖角，從好幾年前就有不少店家詢問我是否有意願去當媽媽桑。但是想要找我去的店家和那些雇用條件，沒有任何一項能夠打動我，沒辦法讓我覺得辭去阿文酒店也想嘗試。更何況我一直想著「我就是注定要一直跟阿文媽媽一起工作」。

但是大約半年前，有人提出想和我一起打造一間店的想法。一開始因為條件太好了，我還相當懷疑，但是利用許多方法調查過後發現，提出建議的人是在銀座和新橋一帶經營多間餐飲店的企業家。

我實在很迷惘，但還是在一個月前去新橋的辦公室見了那位實業家。對方是二十五歲時獨立創業，從一間小小的咖啡廳做起，後來逐漸擴展到餐廳、酒吧、居酒屋等各種不同營業形態的店家。以新橋為出發點，遍布到銀座、日本橋、八重洲一帶，經營了約五十間店面。最近他準備要上市，也配合這個時機買下了銀座一棟大樓，準備要在一樓到最上層樓開設不同形態的店家，並且計畫全部一起開始營業。

一樓預定是使用抹茶、紅豆和三盆糖等日式材料製作的西點店；二樓則是能享受正統英國紅茶的茶店；三樓和四樓是能夠享用和牛以及日本近海捕獲魚貝類的鐵板燒店；五樓賣壽司。鐵板燒店和壽司使用同一個店名，據說是希望大家可以在吃鐵板燒的時候也吃一點壽司，或者將鐵板上烤的牛肉當成壽司材料這樣的風格。而六樓和七樓就是酒店。

在辦公室聽他解說完以後，我就去參觀改裝中的大樓。包含加強耐震在內的工程相當正式，雖然當下只能看到鋼筋和水泥牆，但是不管是地點或者寬敞度都無可挑剔，這樣就算是我想使各種任性提出許多要求，應該也大多能夠辦到。

因為條件實在太好了，反而令人感到不安。我從工程現場回到辦公室的路上，忍不住在車裡問了：「為什麼找我呢？」

「我聽不少位阿文酒店的常客說，阿文媽媽非常信賴妳。阿文酒店是夜晚銀座的代名詞，而那間店的媽媽桑認同妳，這就是最大的理由。」

「阿文媽媽她……」

這輛車子對於公司即將上市、經營手腕相當高明的老闆來說，是有些過於簡樸的國產車。我們一起在後座繼續談下去。

「總之除了妳以外我不做他想，讓我們合作吧。」

他露出認真的神情，並同時將手伸向我，於是我握住了他的手。

「原來如此……是這樣子的啊。」

硯先生撐著下巴沉思了起來。

「是啊。但是該怎麼跟阿文媽媽說呢……所以我才想說，先用寫信的吧。」

「嗯……我知道這件事情您很難開口，但忽然就寫信提出離職申請，我還是覺得……這樣不是很好。」

「我知道，我也明白……我好幾次都想開口，但是一看見她的臉，我就什麼話都說不出口。」

「但我認為一開始還是應該當面說才對。越聽您這樣說，我就越覺得更應該這麼做。」

硯先生說話的同時，將原先排在桌上的工具都收到了托盤上。

「總之您要不要重新考慮一下呢？還請想想阿文媽媽突然收到您離職申請時的心情，而且遞出的還是她一直都那麼疼愛的您。必須告知難以開口之事的時候，更應該要當面告訴對方。」

硯先生乾脆得讓人無法反駁，剛剛他還那麼溫柔，現在卻一臉不懷好意。

「我認為不好，是因為這樣太過突然了。如果是經常留心員工情況的人，說不定她也早就發現了。更何況她一直都那麼疼愛您，肯定會覺得您想太多了，結果反而讓她很自責。對於會這樣想的阿文媽媽，您突然就遞出離職申請也太殘酷了。」

我忍不住重重嘆了口氣，抬頭望向天花板。

我好好坐正以後重新向硯先生低下頭。

「我知道自己這樣相當任性妄為根本就是為難您，但還是請您教教我，必須寫離職申請書給有恩之人的話，應該要怎麼寫好呢？要不要遞出去，我會見了阿文媽媽再重新思考。我絕對不會用那種偷偷放在辦公室桌上，或者請總經理轉交之類的卑鄙方法。所以……所以還是要拜託您，我想當成讓自己決心不會動搖的護身符帶在身上。」

原本以為他可能會慌張起身，沒想到硯先生默默坐著。好一會兒才平靜地說道：

「請坐吧。所以您無論如何都會辭去阿文酒店，然後展開新工作對吧？」

「……是的。」

「那麼就算是用電話也好，您要不要現在聯絡她呢？」

也太頑固了吧？我打從心底這麼想，語調也忍不住尖銳起來。

「我實在是不太會說明，但這和辭掉普通公司的工作不一樣……所以、所以……拜託了。」

硯先生閉上眼睛，雙手抱胸思考著。一會兒忽然睜開眼睛，短短說了句「真沒辦法」，接著站起身來說了下去。

「我實在是不太想這麼做，不過都上了賊船，就幫這個忙吧。我要準備一下需要的東西，還請您在此稍候。」

他說著就把我剛才用過的茶碗放在長托盤上，拿著離開了。我小小嘆了口氣，看看錶已經過了一個多小時。

硯先生不到三分鐘就回來了，手上拿著純白的信紙和信封。

「請往這裡走。」

硯先生帶我到窗邊的大桌旁，我拿著Filofax手帳、高仕的原子筆，還有我的托特包走向書桌。硯先生將手上的信紙和信封放在書桌上，將椅子拉開來要我坐下。

「離職申請用的信紙和信封，使用最基本的就好了。剛才您說是『必須寫離職申請給有恩之人』的情況，但我想應該沒有任何人能教別人寫這種離職申請，只能請您好好煩惱過後寫下自己的想法。就算是文章讀起來有點奇怪，或者有哪裡寫錯了，只要是您拚命寫下的文字，想來對方一定也能夠理解的。更何況以您來說，收信的人可是阿文媽媽呢。」

「……那樣、那樣我能做到的話，早就隨便買好信紙和信封寫好了。」

「那麼，我想就只能寫普通的離職申請帶到您要談話的地方了。如果是普通的離職申請，那麼文字量並不是很多，沒寫錯字的話，信封也只要一個就好。所以就不建議您特別購買了，這是我自己的東西，請您拿去用吧。還有……」

硯先生說到這裡，從書桌的抽屜裡拿出一本書翻動著，打開來放在信紙旁邊。

「範例請您參考這一頁，寫作工具我想您可以使用手邊的原子筆。」

「謝、謝謝您。」

他剛才還那麼心不甘情不願，現在忽然這麼積極真是讓人錯愕。

眼前有全白的信紙和信封，只需要參考範例寫就好了，不知為何卻無法下筆。

「您都幫我到這裡了，實在很不好意思，但我覺得自己實在是沒辦法寫好，不能請您代筆嗎？」

硯先生輕輕搖了搖頭。

「無論是什麼樣的信件都沒有好不好的問題，總之鄭重寫就好了。您可以好好閱讀範例之後，慢慢地寫。」

「……好的。」

我覺得自己好像是考試不及格而被迫留校察看的學生。

「要是我在旁邊監視，應該也不好下筆吧。我要出去買些東西，大概一小時後才回來，這裡就麻煩您了。」

「咦？」

「不用接電話或簽收包裹。對了，洗手間在那邊。那我走了。」

硯先生說完後馬上離去。

忽然就只剩下我一個人，桌上放著信紙、信封、高仕的原子筆，還有Filofax的萬用手帳。

我不經意看向窗外，外頭飄盪著蒸騰的夏季空氣。「哎呀，積雨雲。」視線往上飄，大樓間那片天空相當藍，潔白的積雨雲往上層層疊疊。有多久沒見過那麼大片的積雨雲了呢？

我的自言自語就這樣在無人聆聽下飄向二樓的天花板，被天花板風扇吹得一乾二淨。

最近一次看見大片積雨雲應該是去年的盂蘭盆節休假吧，由於客戶大多去休假，所以阿文酒店也放了暑假。阿文媽媽會趁這個時候，帶女公關和單身的工作人員前去兩天一夜的員工旅行。通常是到關東近郊的海邊或山上，去年是去千葉的海邊。

畢竟是討厭曬太陽的女公關們一起去旅行，所以阿文媽媽說「大家來玩劈西瓜吧！」的時候根本沒有人想動。但最後還是叫工作人員去買了西瓜，還在土產店買來了木刀。大家在飯店泳池旁邊鋪上塑膠布，真的辦起了劈西瓜大會。

明明是阿文媽媽自己提議的，結果她竟然說什麼「不想曬太陽耶」，然後穿了長袖長褲，還戴著大草帽、太陽眼鏡、口罩和手套，裝備有夠齊全，大家都笑著說「可疑人士！」。旅行的時候，阿文媽媽一直看起來很開心，大家似乎也很開心，當然我也是。

翻開 Filofax 的萬用手帳，翻到收有照片的收納袋那頁。一張在員工旅行的宴會上，阿文媽媽在中間、大家一起拍的紀念合照；在水族館摸著海豚而相當開心的阿文媽媽的照片；還有幾年前開店週年慶活動上，在花籃前拍的合照。眼淚一滴一滴落在照片袋上。

結果我就只是愣愣看著天空，一個字都寫不出來。看看時鐘，又過了一小時。自己的感受和時間的前進速度，落差大到覺得好像跳過了一段時間。

忽然樓下傳來「我回來了」的聲音，我連忙拿起高仕原子筆，假裝面對信紙。沒多久上樓的腳步聲便傳到了二樓，卻是有兩組腳步聲。

「百合。」

嚇得站起身回過頭，阿文媽媽竟然站在我的眼前，旁邊則是一臉尷尬的硯先生。

「……為什麼、為什麼，為什麼阿文媽媽會在這裡？」

才說著，那剛剛才停下的眼淚又掉了下來，我忍不住用手背按著，但怎麼樣都停不下來。

「店主一聯絡我就過來了，他把跟這間店有往來、可能會上酒店的客人電話從頭打了一遍，說有事情要找我商量。真是不好意思讓人家費了這麼多工夫……」

我瞪著硯先生，他沉默地低下頭。

「我說百合啊，這件事情沒有說出口是我不好，但我知道大和娛樂企劃的一木社長邀請妳合作的事情啊。」

阿文媽媽走向我、要我坐下，硯先生則將作業檯旁的椅子拿了過來，給阿文媽媽坐。

「我想應該是他去找妳的一個月前吧，一木社長就先來見過我了。喔，當然是白天在辦公室的時候。才見面他就說：『可以把貴店的百合讓給我嗎？』哎呀真是直來直往的人。不過剛見到他，我就直覺認為這個人是可以相信的，而且以前我就有聽說過大和的評價了。」

我真是無話可說，畢竟不管是一木社長還是阿文媽媽都沒有提過這件事情。

「但我自己畢竟也是一個經營者，再怎麼說也是競爭對手，怎麼能輕易就把重要的員工讓出去呢。所以我就告訴他：『不管是女公關還是工作人員，大家都是憑自己的意志工作。所以如果他們說想辭職，那我是沒辦法留人的。雖然您說要我讓給您，但百合可不是商品呢。』一木社長馬上一臉正經地回答我：『您說的沒錯，實在相當抱歉。』還馬上起身鞠躬。自己有錯就老實承認這點其實不容易做到呢，哎呀真是讓人喜歡。也是因為這樣，一木社長才會直接去找妳的。」

不知何時硯先生已經消失蹤影。

「但是妳怎麼不早點跟我商量呢？每天看到妳，我都想說，哎呀，是不是今天要跟我說啦？就這樣一天又一天，妳的臉色越來越難看……妳怕我會反對嗎？傻孩子，乖巧的妳遇到千載難逢的機會耶。好啦，跟我說說詳細情況吧，有我能幫上忙的嗎？」

我什麼話都說不出口，只能從包包裡拿出手帕蓋著臉繼續哭。

「哎呀呀，哭成這樣眼睛都要腫起來啦，妳今天是不打算上班了？」

無論我再怎麼努力，還是只能點頭回應。

後來我們大概說了一小時吧。和阿文媽媽一起下樓的時候，硯先生正在幫明信片架更換商品。

「結束了嗎？」

「是啊，詳細的內容之後再談，總之確定百合要離開我那間店了。這次實在是受您照顧了，真的非常謝謝您通知我。我一輩子都不會忘記您的大恩，務必還請光臨本店一次。」

阿文媽媽說話的同時深深低下了頭，硯先生也默默低頭。

「真是的，怎麼擅自做這種事情！本來是想生氣的，但是……謝謝您。難得您今天休假都被毀了，而且我還沒貢獻營業額，真是抱歉。等到我的店家確定一些細節之後，會再過來找您商量事情，屆時請多多指教。」

「真是不好意思我擅自聯絡，還請您原諒。」

硯先生姿勢端正地回禮，動作如此優雅，讓人感受到銀座的風格。

～

店主寶田硯從文具店「四寶堂」的業務用門走了出來。今天星期三，是四寶堂的公休日，他穿著連帽運動服和牛仔褲，同時套了件軍裝風外套。時間是早上九點半，對於早睡早起的硯來說已經睡太晚了。

硯平常舉手投足就彷彿站在能樂舞臺上的演員一般優雅秀麗，今天的腳步卻有如發條卡住的馬口鐵士兵娃娃。離店家五分鐘左右距離的咖啡廳「托腮」好似有幾公里遠，那門板也簡直重如城門，他踩著飄搖的腳步好不容易才抵達座位。

「托腮」老闆的獨生女，同時也是他的青梅竹馬良子拿了冰水和溼手巾過來，硯馬上一口喝光冰水，用冰鎮過的溼手巾敷臉。

「你的臉色簡直像溺死的人。」

「……講得好像妳看過溺死的人。」

「怎麼可能啊？是說你的臉色很難看啦。」

良子冷淡地說著。

「早餐套餐？」

「呃，吐司就好。英式切很薄、烤得脆脆的那種，飲料給我奶茶。還有我想多喝幾杯冰水，可以給我一壺嗎？」

良子隨口回著「好——」，之後便回到櫃檯。

取而代之的是店長拿了冰水壺過來。

「如何啊？第一次去酒店。」

「實在是不行。我到底在第一間大和酒店喝了幾杯啊？用香檳乾杯，然後是紅酒跟白蘭地之類的，他們請了好多種。之後阿文酒店派人來接我，所以也過去打擾了一下。等我醒來的時候已經倒在床上，我根本就不記得自己是怎麼回來的。真的是體驗到人類也有歸巢本能。」

「真令人羨慕啊，要是帶我去就好了。」

硯喝掉半杯剛倒來的冰水，大大嘆了口氣。

「我兩邊都沒付錢耶，到底是多少錢啊？」

店長輕輕搖搖頭。

「不能在意那個啦。如果你真的很想知道，那就再去一次看看。喔對了，要瞞著良子喔。一大早就有客人多嘴什麼『我昨天晚上在七丁目看到阿硯，被一堆美女包圍看來很得意呢。真是難得啊，沒想到那麼老實的阿硯也開始上酒店了』，搞得良子一早就心情不好。」

「啊？為什麼良子會心情不好？」

店長哼笑了一聲搖搖頭，回到櫃檯那裡去。

硯輕嘆了口氣，翻開下意識從入口書報架上拿來的報紙，但實在是讀不下文字，視線飄到了窗外。硯模糊的視線那頭是快步走過的行人們，到處都是穿著外套的人，還有五彩繽紛的圍巾。

在逐漸由秋季進入冬季的某個晴天，銀座一角的文具店「四寶堂」門上掛著「公休日」的牌子，店內一片寂靜。

〈校園筆記本〉

足足有兩大杯分量的茶壺早已空空如也。

銀座的咖啡廳「托腮」在這星期二下午頗為閒散，從窗邊的兩人座向外眺望，路過的行人們似乎都相當忙碌，就只有我在這裡發呆。

這間「托腮」是爸媽年輕的時候常來約會的地方，而且跟店長一家人似乎也都有往來。正因為如此，每當我們一家人來銀座的時候，可以說是一定會過來這裡。雖然那也只到我小學的時候，想想其實也六年沒來了。

但良子姐還清楚記得我，說著：「妳是七海？對吧。」向我打招呼。

「我嚇了一跳，真的跟高中時代的瑠美好像喔。差點想開口問妳怎會穿這套水手服來啦！不過這應該是七海妳自己的制服？」

沒錯，我現在的高中就是爸媽畢業的那間學校，當然良子姐也是我們學校的畢業生，所以她萬分感慨地打量著我的水手服。

「這套毫無特徵的水手服還真是令人懷念啊。這麼說來制服沒有變呢，我們學校。我還在上學的時候也算是挺稀奇的，現在根本就是瀕臨絕種動物等級了吧？居然幾十年都是這套水手服，男生也還是立領制服嗎？咦，居然也沒變喔？哎呀這樣其實有點開心呢。」

以上對話是一小時前發生的事情，由於不斷有比較晚來用午餐的客人進門，就只有我悠哉喝茶，所以旁邊幾桌的客人早已翻過幾輪。接連有人點義大利肉醬麵、咖哩飯、三明治和熱狗這類很受歡迎的餐點，良子姐真的非常忙碌。

我一邊品嘗著奶茶，同時從包包裡拿出十本筆記本照順序看過一眼，忍不住嘆著氣。一回神才發現已經過了兩點，好像也該離開了。

「來，這是招待的，如果妳到傍晚都沒什麼事情的話，不需要急著走喔。」

良子姐說著，在我面前放了個大杯子。

「特別甜一些的咖啡歐蕾，以前七海妳爸媽很喜歡。」

良子姐穿著潔白的襯衫，搭配黑色領結和背心，稍微貼身的裙子和低跟鞋。俐落的短髮，妝感也不濃，但一看就是個美人胚子。媽曾說：「良子是學校第一美女，園遊會的時候會有好多其他學校的男生跑來，真的是很混亂。」

「謝、謝謝妳。」

我連忙站起身低頭，良子姐則笑著說：「哎呀——別這樣別這樣，客人對我這麼做，會害我遭天譴的。」她把早已清空的杯子和茶壺放在托盤上，在我對面的椅子坐下。

「欸，我看妳一直嘆氣，是在看什麼？」

良子姐的視線望向了我放在桌上的筆記本。

「喔，這是社團活動的練習紀錄筆記本。不過我也差不多要引退，就不需要這個東西了……」

「手寫的練習紀錄筆記本？社團活動的？我還以為現在的高中生不管什麼東西都用專用ＡＰＰ，嘩啦啦打字就結束了，這樣反而讓人有點意外呢。對了，妳是哪個社團的？」

「弓道社。」

「哇——弓道社嗎？原來如此。我也不是很懂哪個部分原來如此了，但總覺得這種社團跟手寫筆記本好像還挺相配的。不過妳說妳已經要引退了，現在不是才六月中旬嗎？好像有點早耶？」

「是的，因為先前的預賽已經輸了，我們無法晉級到地方大賽，所以就要直接引退了。」

良子姐為我惋惜著：「這樣啊，真可惜。」接著她又說了。

「對了，弓道社在我那時候還會每天放學後練習，現在也還是一樣嗎？哎呀果然還是沒變嗎？所以是因為引退了變得有空閒時間，就在回家路上順便過來？」

「嗯，是啊。」

每個社團的練習頻率都不太一樣，大多是每週練習三天，不過弓道社是少數每天都會練習的社團之一。在我引退之前，每次看朋友參加的是有休假時間的社團，在回家前可以先去原宿或澀谷逛逛，我總是很羨慕。

然而一旦真的有時間了，我又提不起那個勁。難得今天只有半天課，明明很悠哉才是……我刻意在轉車的時候搭上和回家不同路線的車，試著來到銀座隨意閒逛。之後就到處亂走，憑著忽然浮現的回憶來到了「托照」。

「那些筆記本有幾本啊？」

「十本。大約一個月用完一本左右。」

「喔……畢竟每天都練習，手寫也很辛苦吧？只有七海妳一個人寫嗎？」

「不，我和主將輪流。」

良子姐聽得興趣盎然，雖然有些緊迫逼人，但並不會讓人覺得討厭，就好像是年齡比較大的親戚姐姐在聽我說話那種感覺。

「我是副將，以前好像習慣上就是男生主將、女生副將，幾年前開始就變成依照實力來決定。跟我一起的主將是男生，不過這是湊巧而已。上一屆的主將和副將都是女生，再之前是主將女生、副將男生。」

「喔喔所以是不分性別？真的是時代變了呢。」

話說到這裡，又有新的客人上門。

「歡迎光臨！那妳慢慢坐喔。」

良子姐說著便起身順便帶走了托盤，留在桌上的杯子冒著熱騰騰的蒸氣，飄出咖啡、牛奶以及砂糖混合在一起的柔和甘甜香味。

我呼呼吹了一下，試著喝一口，比我想像中的還要甜，但也能夠強烈感受到咖啡和牛奶的味道。就在那個瞬間，不知為何我突然想起某個味道。是在社團活動後，我和拓海在校門前的麵包店長椅上一起喝的罐裝咖啡。我們會猜拳讓輸了的人請客，而我就常喝到免費的罐裝咖啡。

一回神發現我的眼淚掉了下來，沿著臉頰滴到筆記本封面上。連忙拿出手帕擦掉筆記本上的眼淚，按著自己的眼皮。但這麼做大概不是很好，因為這樣就壓不下嗚咽聲了。

不知道幾分鐘之後，良子姐拿著冰水壺來到桌邊。

「冷靜點了嗎？」

「……對不起，給妳添麻煩了。」

良子姐輕輕搖著頭，再次坐進我對面的座位。

「沒關係啦，在這麼閒的時間來的客人通常都是老客人，大家都是很溫柔的老爺爺老奶奶，不會在意的。不過妳怎麼啦？」

我不知道該怎麼回答，只能沉默著。

「啊……總覺得這場景似曾相識呢。雖然那是好久以前了，我記得七海妳媽也曾經在放學路上來我們店裡在這裡哭。你們家一族該不會都有穿著水手服來這邊哭的基因吧？」

良子姐那種傻眼的語氣實在太有趣，我忍不住爆笑出來。

「好啦，到底是怎麼了？反正肯定是跟這筆記本有關係吧？我自己不好說，不過對於別人的戀愛可是很敏銳的喔。好啦，快點說。」

我輕輕點了頭。

「主將叫森川拓海。」

「拓海啊，哪個字？」

「提手旁加一個石的拓，大海的海。」

「哎呀，拓海跟七海，你們的名字還真是挺登對的啊。」

我用力搖著頭。

「才沒有！……拓海很受歡迎，相比之下我很平凡。」

「真讓人在意，妳有照片嗎？」

我從書包裡拿出手機，給良子姐看了幾張夏季合宿訓練時拍的照片。

「哇——帥哥耶。這樣受歡迎也很正常啦，而且穿著和服的樣子相當正氣凜然，不是那種吊兒郎當的孩子，讓人挺放心的。不過我的功力還沒有高到看照片就了解性格，也不好多說什麼，『但至少外表及格啦！』這種感覺。」

其實還有一張比賽時拍的超帥照片，但實在有點害羞，所以就別拿出來了。

「那麼就是這位拓海同學跟七海一起寫練習紀錄筆記本囉。哎呀真是相當有昭和復古風味呢。」

「……是啊。很久以前的學長姐也是這樣寫筆記的，有幾本還留在練習場裡面。不過幾年前已經有專用軟體或者ＡＰＰ之類的，我們入社的時候也是用那些東西來寫練習紀錄。」

「哎呀，畢竟是這個時代嘛。現在可是連小學生都能拿到學校分發的平板或者電腦呢。」

良子姐一直在適當的時候表示認同或給予各種回應，這讓人覺得很放鬆，忍不住就繼續說下去。

「當然，有些需要留存數據的我也會使用APP，像是結果紀錄和比賽成績之類的。還可以用手機拍下射形的影片，來確認自己的動作有沒有不良習慣什麼的……啊對不起，射形是指弓道當中射箭時的動作。」

良子姐只短短回了「喔～」就用眼神催我說下去。

「去年六月的時候三年級畢業了，七月開始就由我們兩個接手經營社團。一開始有試著模仿上一屆前輩的做法，但還是有很多人的技術無法提升，我和拓海都很煩惱。」

「但我記得弓道部的顧問老師應該是……」

「以前是由曾經參加全國大賽的顧問老師帶領社團，不過那位老師在我們入學的幾年前就退休了……這幾年都是請一位數學老師擔任名義上的顧問，但是他並沒有負責指導我們，都是由我們社員自己負責的。」

「這樣啊，那很辛苦呢。主將和副將的責任也很重耶。」

沒錯，真的非常辛苦，剛接下社團的第一個月因為實在太拚了，根本什麼都不記得。到了八月好不容易情況穩定一些，但是在練習賽中的成績一直都差到不行。有一天練習後，我被拓海叫住。

「妳家有門禁嗎？」

八月的白天比較長所以還沒傍晚，我們讓其他社員先離開以後，一起坐在校門前那間麵包店門外的長椅上。

拓海自己跑去販賣機買了罐裝咖啡給我。

「今天我請客，下次開始就猜拳，輸的人請。」

他這樣單方面宣告完以後，就咕嘟咕嘟爽快地喝下咖啡。我也打開來喝了一口，還記得那實在是甜到令我渾身顫抖。

「那個，我先前打掃練習場倉庫的時候，找到三十幾年前的學長姐寫的練習紀錄筆記本。這是其中一本。」

拓海將那筆記本遞給我，藍色封面上用麥克筆寫著學校名稱和「弓道社練習紀錄筆記本」，下面是主將和副將的名字。

那是B5大小藍色封面的KOKUYO校園筆記本，但是品牌商標的擺放位置和我熟知的不同，看來真的是很久以前的東西。

「這邊，妳看看，他們掌握了每個社員的不良習慣，然後寫下要如何改正的練習方法。很厲害吧？我讀過以後稍微反省了一下，我自己有沒有這麼認真看著每一個社員呢。」

拓海就坐在我的旁邊，翻開一頁說「還有這個！不管狀態好還是壞，都拍下手心的照片貼上去。我想他們大概是打算有不良習慣的話就要早點給建議，真的很厲害」，又說「地方預賽的一星期前就禁止在正式練習前做近距離練習，要營造正式上場的感覺給他們，這種點子我覺得到了我們這一代也應該要採用才對。應該說這麼好的方法，怎麼沒有流傳下來啊」之類的……總之那天時間過得好快，一小時一下子就過去了。

畢竟我還是會在意家裡的門禁，所以就這麼告訴拓海。

「那麼，森川同學是想跟學長姐採用相同的做法囉？」

「嗯，對。總之我就買了筆記本！」

拓海從書包裡拿出嶄新的校園筆記本，而且一樣是藍色封面款。上面已經寫好了學校名稱和「弓道社練習紀錄筆記本①」。

「因為我是提議人，所以我先寫名字囉。」

拓海在封面寫上「主將森川拓海」，又把打開的麥克筆遞給我。

「好啦，澤村妳也寫吧。」

我接過麥克筆的同時詢問拓海。

「畢竟是森川同學要寫的，應該不需要我的名字吧？」

「說什麼傻話？妳是我的副將啊，當然是要一起寫吧，不然怎麼辦。」

我輸給了直直盯著我瞧的拓海，寫下了小小的「副將澤村七海」。

「搞什麼，怎麼不寫大一點啦……哎呀算了，反正一個月就會用完了吧。下次要寫大一點喔。」

拓海萬分珍惜地將筆記本收進書包裡，起身的同時說著：「好啦，回家吧。」

這就是開端。

「喔？拓海同學倒是挺積極的嘛。我說七海啊，確認這件事情有點那個啦，不過妳沒有跟拓海說妳喜歡他吧？」

「呃……」

才要開始說練習紀錄筆記本的事情，良子姐就忽然問我這個問題。

所謂啞口無言原來是這麼回事。

「哎呀，就連這種事情都跟瑠美很像呢。」

我只能默默點點頭，良子姐誇張地大口嘆氣後，深深垂下了頭。

「母女兩代都找我談戀愛煩惱，我是很榮幸啦，不過是不是也該稍微進化一下啊？還是說DNA真的是那麼強悍的東西？啊，我剛才是不是也說了一樣的話？我聽人家說一直重複一樣的事情，就是上了年紀的徵兆呢……哎呀——真是討厭。」

良子姐說著嘻嘻笑了起來，我也忍不住跟著笑了出來。

「妳為什麼不告白？我是不太清楚現在高中生的戀愛狀況啦，所以不是很肯定。不過妳應該有很多機會吧？」

我輕輕搖了搖頭。

雖然喜歡他三年了，卻沒有告白的機會。不，應該說就算有機會，我也沒有說出口的勇氣。

國三上學期，我和母親一起去參加爸媽母校舉辦的學校說明會。就是那時候認識了拓海。

久沒來到母校，媽似乎也非常興奮，一等禮堂的說明會結束，就跟我說：「妳可以自己去參觀社團吧？結束以後就發個LINE給我。」然後就自己去教職員辦公室拜訪恩師了。

無可奈何的我只能拿著說明會上發的導覽，繞學校一圈去看看體育館和音樂教室之類的地方，接著就隨興走向設置在校園一角的弓道練習場。練習場的大門口有一年級學生相當熱情地招呼著「歡迎進來參觀喔」，我就跟著他們的聲音走進了練習場。入口有簽到簿用來登記學校名稱和姓名，我快速寫下以後，就被學長帶到射箭場後方等待區坐下。

在敞開的大門遠方另一頭，標靶看起來好小，射箭處則有五位學長姐拉著弓。正好一個人拉滿了弓，箭也隨著清脆的響聲射出。加入社團之後才從學長姐的教學中得知，在放箭的那一剎那，弓所發出的聲音叫做「弦音」。畢竟這個詞彙還是很受歡迎的動畫名稱，當下那聲音和練習場中凜然的氣氛實在相當吸引我。

「呼。」

隔壁傳來一聲吐氣，轉過頭去是一個認真盯著射箭場的男孩，看來他剛剛是屏住呼吸在看的。他的側臉看來是相當健康的膚色，頭髮也剪得短短的，與其說是弓道社的人，看起來更像是打棒球或踢足球的男孩。說起來很不好意思，我對他根本就是一見鍾情……

本來想著看個五分鐘到十分鐘左右就趕快離開，但因為旁邊的他一直沒有動靜，結果我也動彈不得。應該說我根本不想離開。幸運的是，不知道是否由於練習場本身位於校園的外側，完全沒有其他人來參觀，一直就只有我跟他彷彿包場。

「……我決定了。進了這所學校我要加入弓道社，妳呢？」

他在我旁邊坐了大概三十分鐘左右吧，忽然開口向我搭話。

「咦……呃，我不知道耶。畢竟也還不知道能不能考上。」

現在想想，他搞不好也沒指望我回答。

「不是能不能，而是就要這麼做啊，考上這間學校。我要進入這所學校，加入弓道社。」

雖然這種話聽起來是那種自信過頭又早熟的傢伙會說的，但不知道為何感覺很帥氣。

「那我差不多該走了，四月見囉。」

他就這樣隨口說完，也不等我回話就倏地起身，默默向學長姐們行禮後離開了練習場。

被獨自留下的我失去起身時機，又坐了十五分鐘左右。一直到有一對親子一起進來參觀，我才好不容易起身。

看了看大門口的簽到本，在我那亂撇的名字上面寫著「森川拓海」。他的字跡穩重成熟、相當漂亮，完全看不出來是同年齡的男孩子寫的字。

我的心就這樣被拓海一箭射穿。

說實話我自己也很驚訝，因為有了要跟拓海考上同一所高中、加入弓道社這個目的，我開始努力準備考試，而且考上了。

現在想想拓海那時候隨口說著要考上這所高中，根本沒有什麼保證，但我卻對他的話深信不疑，而且拓海也照他所說的，進入了這所高中。

開學典禮之後，不知為何我覺得拓海在等我，所以就去了趟弓道練習場看看，結果拓海真的就在練習場窗邊看著學長姐們練習。那年的春天來得比較晚，往年早該掉光的櫻花還稀稀疏疏到處開著。

在飛舞的櫻花花瓣中看見拓海的背影時，我心中那種高昂的情緒，實在是不知道該怎麼形容。

我悄悄走過去，拓海卻忽然回過頭來。

「你好。」

聽見我喊他，拓海默默點了點頭，然後盯著我的臉瞧。

「幾個月沒見啊？應該就是學校說明會那天吧？」

「……你記得啊？」

拓海輕輕點了頭。

「嗯，因為那天我在這裡只有見到妳。妳是叫七海沒錯吧？七個海洋的七海，我回去的時候看了一下簽到簿，上面是這樣寫的。我叫拓海，覺得妳的名字跟我的真像呢。」

「……喔，是喔。」

雖然我回答得相當無所謂，其實心裡高興得要死，沒想到拓海記得我的名字。

「嗯，那妳打算怎麼辦？我會照那時說的加入這個社團，不過我不想給人家不好的印象，所以會等到招募社員的那天。妳呢？」

「我還在想呢。」

笨蛋！為什麼不能老實說出「因為你說要加入這所學校的弓道社，所以我也來考這間學校想加入社團」啊？

「這樣啊，畢竟有很多社團呢，正常來說也是要想一下啦。」

「……是啊。」

我就這樣錯失了第一次機會。後來一直到兩人成為主副將關係前也有好幾次機會，但我都白白浪費掉了。

「欸拓海，班上女孩子又在跟我問你的 LINE 啦。」

夏季合宿練習的一星期前，只有二年級生聚集在一起開會。結束之後，大家都在收東西，有個男社員忽然叫住拓海。

「……喔，然後呢？」

拓海回答的聲音相當平板。

「沒問題啦，我沒說。倒是跟她們說你的LINE超沒意思超無聊的，順便宣傳一下我回訊息很快又有趣。」

「嗯，那就好。」

「哎呀還是老樣子，你連對方是誰都沒興趣喔？」

拓海輕輕點了頭。

「我不在意，應該說在意也沒用，我早就決定了，在我當弓道社主將的期間不會跟任何人交往。就算明年可以去地方大賽，也只剩下一年多一點時間。我想盡量把時間都用在社團活動上，所以就算有交往對象也完全沒辦法約會，當然也不可能講電話或LINE，這樣對於對方來說很沒禮貌吧。」

聽見他說這種話，我的心情實在很複雜。雖然這樣就不用擔心拓海被誰搶走，但就表示我自己可能也沒有機會跟他交往。我後來相當後悔，覺得還是該在一年級的時候就向他表白自己的心情。

然而那種後悔的背後，也有著「我根本配不上拓海，我想拓海肯定也只是把我當成弓道社的夥伴。要是不小心告白，之後可能會變得很尷尬，所以沒說也好……」這種拚死幫自己辯解的心情。我的心就這樣瘋狂地搖擺不定。

「嗯——拓海同學是相當硬派的男性呢。雖然這可能是我個人想法啦，不過現在的高中生通常都會更加隨興呢，還真令人意外。」

「也是要看人啦，弓道社也是有人交男女朋友的。」

不經意看到一邊的店長皺著臉嘆氣，搖了搖頭。

「七海啊，真是抱歉。良子，妳是不是忘了要外送東西去阿硯那裡啊？那傢伙可是真的會餓死喔。」

店長說著便將保溫瓶和籃子遞給良子姐。

「哎呀，糟糕，我還真的忘了……完蛋了！」

良子姐慌張起身後又拉著我的手。

「哎呀，我們一起去吧。是離這邊滿近的文具店『四寶堂』，我得送東西過去才行。要是我一個人去一定會被瘋狂碎念說怎麼可以遲到之類的。拜託啦！一起去。」

「阿硯才不會那樣咧。」

店長一臉受不了的樣子嘆著氣說：「喔對了，阿硯也是七海學校的校友。跟妳爸媽還有良子都是同學，我想阿硯應該也會嚇一跳，妳就去露個臉吧。今天的費用就免啦。」

「免了？」

我忍不住回問，良子姐則說：「就不用妳付錢啦。」

「好啦，走吧。」

良子姐把保溫瓶和籃子放在吧檯上，從架上拿出一件深藍色開襟外套披上，我也連忙將筆記本和手機收進書包裡，隨著良子姐走出「托腮」。

「路上小心囉，幫我跟阿硯打個招呼～」

店長的聲音從背後傳來，我在柳枝飄揚的巷子裡加快腳步。

走了大約五分鐘，看見一個插畫中會出現的那種圓筒形郵筒，前面就是我們要去的文具店。

「阿硯，對不起——！」

良子姐打開四寶堂的玻璃門，雙手合十誠摯道歉。那被稱為「阿硯」的店主就站在店門入口。

「……絕不原諒！懲罰就是老子吃完以前罰妳看店！」

店主那種刻意演戲的誇張語調一聽就知道是在鬧良子姐，馬上就能理解他們兩人感情有多好。

「啊！歡、歡迎光臨……！」

一看見被良子姐擋在身後的我的影子，店主便慌張放下抱胸的手臂要向我打招呼，結果話講到一半就卡住。他接著喊出：「咦——！瑠、瑠美？」

「是不是？超像的。不過這孩子是七海，就是瑠美跟澤村同學家的小姐。」

「初次見面，我是澤村七海。打擾了。」

在我打過招呼以後，他就深深低下頭說著：「呃——啊——抱、抱歉。我好久沒這麼慌張了，實在是相當抱歉。我是四寶堂文具店的寶田硯，還請您多多指教。」

看見他這樣子，良子姐和我都笑了。

「嘖，搞什麼啊。如果是這樣的話，過來之前用LINE跟我說一下啊……哎呀，不過原來是瑠美家的小姐呀。對了，叫我阿硯就可以了。」他說著。

「嗯不過說起來的確呢，瑠美和澤村結婚了啊。」

「對啊，高中畢業之後澤村同學就自己獨居，她也搬過去一起住，沒多久就生下七海了。跟高中第一個交往的對象結婚，十幾歲就生了孩子，是滿少見的。哎呀不過也表示他們是真的很愛彼此啦……某方面來說也是滿令人羨慕的。」

「某方面是指哪方面啊？」

「……那不重要吧。」

良子姐一邊聊著，同時將桌巾攤開在結帳櫃檯旁邊的小桌子上，擺好不鏽鋼橢圓形的盤子和潔白的咖啡杯。盤子上裝著用烤過的麵包做成的三明治和薯條。接著她又在竹製小盤上放了溼手巾，擺好砂糖壺和牛奶杯，最後從保溫瓶中倒出咖啡。

「久等了，好啦，請用。」

「在客人面前真是不好意思，抱歉。」

和我說了一聲後，阿硯就拉過摺疊椅，用溼手巾擦了擦手，才說完「我開動了」就咬下三明治。

「哎呀呀——吃那麼急會弄髒襯衫啦。」

「畢竟我可是預約一點半的外送，結果晚了一個多小時呢，很餓耶。嗯，雖然我剛才也是忙到頭昏眼花，就算準時送來我也沒辦法吃就是了。」

阿硯吐吐舌頭。

「啊，不過妳……是叫七海？跟瑠美長一樣的澤村家小姐，怎麼會跟良子一起外送過來呢？不會給我添麻煩的，我很歡迎妳。畢竟女高中生可是最常使用文具的人呢。」

良子姐一臉傻眼地回答。

「熱心銷售是很好啦，但你連高中生的生意都要做也太誇張了吧？」

「七海啊，大人的世界是很嚴苛的……哎呀，開玩笑的。對了，澤村和瑠美好嗎？」

我簡單說明父親三年前就被分派到大阪工作，母親則在醫院從事醫療相關的工作等等。

「那個，我可以稍微看看店裡嗎？」

「當然！請隨意，還請慢慢參觀。」

阿硯的語氣突然變得相當客氣，看來是瞬間轉回了工作模式。

「不需要刻意買自己沒有特別想要的東西喔！」良子姐笑著說。

「不必多嘴啦。」阿硯冒出了回應。真的感情好好，真羨慕……

就在地方預賽前，我為了男子團體戰的排序而第一次和拓海嚴重意見不合。那是十一月的事情。

十月的比賽上，拓海雖然在個人賽中晉升到第五名，但終究沒能拿到前三。而在三人組的團體賽中男女組我們各報了四組，但全部都在預賽就退敗，沒能拿到好成績。

「我想讓第一箭就能射中的人排在前面。第一箭就中的機率最高的是我，所以我應該排大前。」

拓海彷彿是在告知已經決定好的事情。我們就坐在那張長椅上，那天我猜拳猜輸了，正要將販賣機裡剛換成熱飲的罐裝咖啡往嘴裡送。

這次的團體賽是五人制，每間學校男女組能派出的人數有一定限制，包含候補人員在內，能參加比賽的人只有報名參賽時登記的七位選手。而這七位登記選手的人選基本上是由二年級所有人一起決定的，大家認為之後的順序就交給主將和副將來決定，社團會議就結束了。

「但這樣落要誰來？」

五人賽中由上場順序起稱為大前、貳的、中、落前、落，大多數隊伍都是由主將負責最後一個，在後方統領部隊。但拓海身為主將，卻說要把自己排在大前。順帶一提，女生由我負責落倒是很快就確定了。

「我要交給木原。」

木原同學是一年級當中唯一被選入團體戰成員的男生。

「他第一次參加五人團體預賽，沒辦法負責落啦。」

我反駁著。實際上只能登記七個人，所以男生是二年級八個人、一年級九個人，合計十七個人的競爭。根據先前的練習紀錄中最近兩星期「正式練習」的成績和預賽結果，已經說好讓二年級出場。但剛才談論這件事情的時候，拓海也一直推薦木原學弟，硬是把他放進登記選手當中。結果二年級就有兩個人沒辦法登記到名單上了。

「或許會有點勉強，但把他排上不上不下的貳的或落前就沒有意義啦，我打算將下一任主將的位置交給木原，所以希望他今年就體驗一下這樣的工作。」

「……但他已經是一年級中唯一登記的選手了，這樣可能其他人會說閒話啊。」

「木原不是因為這點事情就會壓力過大的人，如果撐不下去，那他也就如此了。」

拓海冷冷地說著。

「總覺得這樣不像你耶……我覺得這樣的排序沒有人會接受。」

回神過來我才發現自己已經把話說出口，那聲音聽起來相當刺耳，連我自己都有些驚訝。我慌張看了看旁邊的拓海，他抬頭看著逐漸陰暗的天空，沒有開口。

我默默凝視著拓海的側臉，從側面看上去，他立體的輪廓和長長的睫毛更加顯眼。過了好一會兒，他才輕輕嘆了口氣。

「我實在是很想贏啊……我也知道自己很勉強社團的大家，大幅變更練習內容、說什麼願意來的人來就好，結果還是讓大部分社員都陪我一起晨練。但我還是想贏啊，我希望和大家一起高興慶祝，所以就算有點強硬，我還是想採用能贏的方法。」

我也很清楚拓海相當拚命，但實際上的確有幾個相當不樂意的社員，而安撫他們就是我的工作。

「可是、可是啊，社團不一定是所有人都跟你想的一樣。當然我想大家也是想贏的，只是大概也有人只是純粹覺得弓道有趣、想跟大家和樂融融一起拉弓吧。所以也要考量一下那些人的心情喔。」

拓海盯著我的臉瞧，但他沒說什麼，只是搖搖頭。

「抱歉，我先回去了。明天再談吧。」

他就這樣拋下了我。我看著拓海遠去的背影，小小口啜飲著早已有些涼掉的罐裝咖啡。一等到拓海轉過彎去，不知為何眼淚就掉了下來。把咖啡罐放在腳邊，我拿出手帕壓著眼睛，啜泣了起來。我也跟你有一樣的想法！我後悔著自己沒這麼說。

但說出這種話等於是放棄了我身為副將的責任。明明從拓海說著「妳是我的副將」、給我練習紀錄筆記本的那時起，我就一直壓抑著自己的心情……

忽然有誰拍了拍我的頭，我連忙抬起頭來，眼前居然是拓海。

「……妳沒事吧？」

怎麼可能沒事！明明心中這麼想，我卻還是點了頭。

「隱形眼鏡跑掉了……不過我調好了，沒事。你不是回去了嗎？」

「嗯？喔，因為想想要妳陪我到這麼晚，我又自己先回去好像不太好。好啦回家吧，明天還要晨練呢。」

拓海拿起我的書包踏出一步，我連忙追上，從他手中拿回書包。

「今天是妳負責的吧？筆記本。那妳可以把覺得比較好的男子組順序寫在上面，我會看一看然後多想想的……」

拓海朝著前方說道。

「我知道妳私下幫我協調了很多事情，這個四分五裂的社團也是因為有妳，才能整合在一起的，我明明知道……真是抱歉，我這麼任性。」

我覺得又快哭了，連忙用手帕壓著眼睛。

「怎麼，隱形眼鏡又跑掉了嗎？」

「沒、沒事啦！」

我逞強著，光是擠出這句話就用盡全力。

那天晚上，我把快寫完、滿滿的第四冊筆記本從頭到尾全部重看一遍。從第一冊的開頭到第四冊結束，依照順序解讀每個選手的狀態，逐漸能理解拓海想告訴我的是什麼。

再仔細看看拓海負責寫紀錄的日子和我寫下來的紀錄，可以清楚知道我們觀察的部分不同。拓海會觀察射形的細節。

和弓的射法會依照流派而有些許差異，不過基本上稱為「射法八節」：站定位置的「足踏」、取箭調整姿勢的「胴造」、將右手手指放在弓弦上的「弓構」、將弓高舉到頭上的「打起」、左右平均拉弓的「引分」、將弓拉滿對準目標的「會」、挺胸放開箭矢的「離」、維持離的姿勢盯住箭矢飛去方向的「殘心」。

拓海會觀察每個社員這八個動作依序有什麼樣的習慣，而且還區分為自由練習、正式練習、練習賽等不同情況。有自由練習當中射中率比較高的社員，在記分的正式練習中成績反而下降；也有社員在學校的練習場相當穩定，去了其他地方就變得不怎麼樣等，可以清楚知道每個人的傾向。

而我寫的部分除了練習中以外，也包含休息時間的紀錄，主要是以社員們說了些什麼事情、大家心情高低起伏、對話中我在意之處等。當然如果我不想留在筆記本上的事情，就會寫在比較大張的便利貼上，然後附上一句「看完可以丟掉！」之類的才交給他，所以重點就只能靠記憶了。

結果好不容易寫下我的想法以後，都已經快天亮了。

睡眠不足的我前往晨練，把筆記本交給拓海。他只看了一眼，小小聲地說了句：

「大前是我，木原放貳的嗎……」接著又說：「告訴我理由。」

「如果你的目的是培育木原同學，那麼我覺得他能夠在最近的地方看著你的動作會比較好。然後你說要把大前交給第一箭比較不會失誤的人，我想想覺得也挺贊同的。如果你站在落，那麼木原不管是在哪個順序上場，都沒辦法看見你吧？」

拓海輕輕點了頭，笑著說：「了解，那就採用妳的方案。」

四寶堂的店裡意外地寬敞，也有很多跟人一樣高的商品架，簡直像是個迷宮。我一邊聽著良子姐和阿硯在櫃檯前開心聊天的聲音，一邊繞著店內看。

有一區陳列著信件組、明信片、賀卡、筆記本和便條本等商品。

有許多我沒看過的校園筆記本和便條本，也有很多KOKUYO的校園系列商品。除了練習紀錄筆記本使用的B5尺寸B式橫格以外，光是橫格就有A、B、C、U、UL五種，另外還有方眼、直格、空白跟點線等等。

「居然有這麼多種喔……」

我忍不住喃喃自語起來。

拓海一直堅持使用B5大小B式格線的校園系列筆記本，怎樣都不肯使用其他種筆記本。有一次我和他一起去了學校附近的文具店，但他毫不遲疑，還是選了先前用的那種筆記本，很快就結完帳走出店外。

「欸，要不要試試看別種啊？有那麼多種，也有比較可愛或比較帥氣的款式啊，還有線裝的耶。」

聽我這麼說，拓海用力搖著頭，一臉凜然地俐落回我。

「我是比較一板一眼的人，如果能夠從模仿開始做的事情，我就會想先模仿。做為參考的學長姐，他們一直都是用KOKUYO校園系列的B格線。很遺憾我沒辦法直接見到他們，詢問他們為什麼會使用這款筆記本，但我想一定有什麼用意。所以我也想貫徹我自己的想法，在能夠完美使用這種筆記本之前，都堅持用這款。」

拓海有時候會說出很難理解的話，我也不知道該回他什麼，只能默默點頭。

雖然說是要模仿學長姐，但是拓海寫筆記的方法充滿了他自己下的工夫。到底是用了幾種筆來寫不同內容的筆記啊？我總是覺得相當感嘆。

基本內容是黑色原子筆，如果覺得好的地方就用藍色原子筆圈起來，覺得不好或者該注意的部分，就會用紅色在下面畫波浪線。覺得重要度更高的，就會用墨筆或麥克筆寫大一些，或者用螢光筆來強調。明明只有我在看，他卻下了很多工夫。

我也參考了拓海寫的頁面，就算內容沒辦法像他那麼完善，也試著盡可能添加一些插圖或者圖片進去。拓海總笑著說：「也太費工夫了吧？」

但他還是會寫下一些如「哇！我沒發現……妳真厲害！」，或者「沒錯！就是這樣」，還有「我覺得好像不是這樣。有空我們談談」等等的意見進去。明明真的是小事，我卻因為他有好好在看而忍不住覺得開心。

我也想著應該要在拓海的頁面上寫些比較有見識的回應，但因為總是相當贊同他的想法，所以也只能寫什麼「贊成！」或者「了解」這種普通回答。

筆記本商品區前方陳列著各式各樣的筆類，自動鉛筆、原子筆、簽字筆、螢光麥克筆還有墨筆，依照廠商及系列整理得井井有條，還將顏色及線條粗細等以格子區分的器皿來陳列。到底有多少種啊？壯觀到令人忍不住這樣想。

常見的筆當中也有紫色、棕色、黃色等各種奇妙的墨色，而且還從超細到超粗都有，光是粗細就有好多種。

墨筆的墨水也有普通墨水和淡墨[2]，除了一般大人使用的那些以外，還有感覺上是用來畫圖的多色墨水款式。

如果是那些沒有參加社團、下課就一路玩耍回家的女高中生，也許這些文具在她們眼中都很稀鬆平常，根本提不起興趣。

或許拓海也是到處看過這類大型文具店之後，才選擇了KOKUYO的校園筆記本系列。而用來寫筆記的筆也一樣，或許他不曾把玩使用過各種顏色的筆，所以曾經拚命尋找看起來好用的東西吧。

從擺放著筆和筆記本的商品架中間走過，忽然看見眼前有張巨大海報寫著「引退季節！請寫些東西給照顧你的學長姐，或是可愛的學弟妹們！」

海報下面除了一般的簽名板以外，各種模仿籃球、排球、桌球等球類，或者美式足球的安全帽、網球、桌球的球拍和羽毛球等等很講究的簽名板、簽名筆記本，還有感謝卡等都擠在同一區。另外也有看起來大概是給樂隊用的商品，如管樂器和五線譜，還有輕音樂社用的吉他、鼓組，可能是戲劇社或舞蹈社用的聚光燈或舞臺圖樣的東西。五花八門的簽字筆、麥克筆跟印章也都陳列在此處。

然而沒有能讓人聯想到弓道的商品，武術類的話是有在封面畫上劍道防護具的簽名本，還有看起來畫著柔道或空手道道服的簽名板而已。

2. 淡墨的顏色比一般墨汁來得淺，接近灰色，在書寫白包封面時使用。有著「因為流淚而沖淡了墨汁」的意義。

說起來我們學校的弓道社其實也沒有什麼很誇張的引退儀式，以往就只是在地方預賽輸了以後，三年級學生就不會繼續參加練習，轉而由二年級為主來經營社團，因此當然也不會有什麼獻上簽名板之類的活動。大概就是在畢業典禮前後，三年級學生會把箭筒或者稻草卷臺這類練習工具送給學弟妹而已。

唯一的例外就是主將和副將的交接，預定是在這星期六舉行。其實練習場的鑰匙，拓海已經交給了預定要接主將位置的木原學弟。但除此之外，還有管理社團費用的銀行帳戶存摺、印章，以及寫有定期舉辦練習賽的其他學校的聯絡窗口等名冊需要交接。

而那就是身為主將的拓海以及身為副將的我最後一起做的工作。

回想起來大概在一年前，從學長姐手上接過各種交接的東西以後，拓海馬上向我提出第一個建議。

「欸，妳有時間嗎？」

目送學長姐離去以後，練習場只剩下我們兩個人，拓海向我搭話。

「嗯？」

「那個，我在想啊……就以我們主將和副將為主，雜務那些的盡可能讓高年級生來做吧。我並不是想責備學長姐們的做法，但是我不想要把準備和收拾工作都交給學弟妹，只有高年級生自己輕鬆愉快。」

這突如其來的提議讓我有點驚訝。

「我們當初也是這樣，一年級的時候光是要做那些自己不熟悉的練習就相當拚命了。結果還連準備和收拾也全部丟給他們的話，很可能會讓他們因此討厭弓道吧？我不希望夥伴有人中途退社，畢竟真的很辛苦吧？」

有點令人意外。

「啊！為什麼要笑啦？」

拓海忍不住生氣。

「我沒有笑啊，只是有點驚訝。畢竟我們自己這一年來也是負責準備和收拾呢，而且森川同學你總是非常拚命，為了避免被學長姐白眼還早早來準備，還會一直留到最後收拾完畢，一直都很完美不是嗎？但是你卻說今年起想要改變？」

「……搶走低年級生練習的時間，然後學長姐什麼都不做，我覺得這樣很奇怪，所以沒辦法坐視不管……我想從我這一屆，不對，是我們這一屆開始改變。如何？我的提議很奇怪嗎？」

我稍微思考了一下，我明白拓海所說的事情相當合理，不過跟我們同年級的人可以接受嗎？

「我能明白你的心情……不過我確認一下，同年級的男生們怎麼說？」

「咦？」拓海一臉驚訝。

「怎麼說……我還沒跟其他人商量，不知道耶。」

「不會吧！你沒有跟任何人商量，就要決定這麼重要的事情？」

「怎麼會是沒跟人商量，我現在不就在跟妳說嗎？而且也還沒決定，我都說了是提議啊。」

這挺麻煩的。拓海說的讓高年級生和低年級生一起準備、一起收拾東西，這件事情相當正確，從我們這一代創造新的傳統這件事情也相當有魅力。問題就是要怎麼樣取得同年級所有人的同意了……

「男生我會一個個跟他們談過，讓他們接受，然後我希望澤村妳可以整合女生的意見。可以的話，我想在下星期一練習開始前的會議上發表。妳可以今天和明天跟大家談嗎？」

「……嗯，我試試看。」

拓海突然伸出右手，輕輕握住我的右手，又放上左手然後用力握住。

「拜託了，一開始是最重要的。好的傳統就維持下去，但我們覺得不合理的地方就要重新來過，讓我們打造一個歷屆最棒的弓道社吧。」

「……嗯。」

雖然只是握手，但拓海這樣握著我的手拜託我事情，我怎麼可能拒絕得了。

那天晚上我真的非常興奮，拚命熱烈說服每個同年級的女社員。

「總覺得聽起來已經不像是森川同學的意見，而是妳的想法呢……」

結果大家雖然有些傻眼，但也還是表示贊成。

「哎呀，正好是符合現在七海狀況的一區呢。」

往旁邊一看才發現良子姐站在我的身旁，手上拿著籃子和保溫瓶。

「結束了嗎？外送。」

「嗯，他吃得很快啊。我不知道跟他說過幾次要他好好品嘗，但他就是改不了。」

這時阿硯走了過來。

「要是不好吃的話，才不會吃那麼快呢。我可是用身體來表現『超好吃！』的，妳應該要覺得高興啊。」

「真的是很不老實耶。」

阿硯丟下傻眼的良子姐不管，反而向我搭話。

「如果有什麼想看看的東西，還請儘管開口。比較暢銷的東西我有放樣品，但也有很多沒拿出來的可以拆開來看。」

阿硯吃完遲來的午餐以後，似乎恢復了精神。

「那個，有沒有弓道社風格的東西呢？」

阿硯說著：「好的，請妳稍等。嗯——」過了一會兒，從後方拿出了標靶形狀的東西。

「本店有這款獨家商品，但是銷售情況並不是很好……我想妳也知道原先弓道的標靶是黑色和白色，不過考量到黑色會不好寫字所以就使用了淺蔥色。但實際上熟悉弓道的人眼中似乎還是覺得這個配色哪裡怪怪的，所以評價不是很好。另外就是圓形的東西不是很好擺放，似乎也是因此不太受歡迎。」

阿硯喃喃說著：「我本來還想做成一尺二寸那種實際大小來看看呢，看來明年還是得改掉……」接著又說：「對了，另外還可以特別下訂，我有認識幾位接案插畫家，可以拜託他們在簽名板上面畫插圖，或者另外做成貼紙之類的。」

「不、不，不用啦。我沒有真的要用……」

我慌張地搖著頭。

「啊，對了，要不要寫個卡片或信給那個主將說『辛苦了！』之類的啊？不過要寫的話，就乾脆把妳的心意也寫上去？」

良子姐忽然在我耳邊小聲說著，我一定是馬上滿臉通紅了。阿硯有些狐疑地看著我，馬上又恢復成原先的表情。

「如果有什麼我能幫上忙的地方，還請不要客氣，儘管開口。我一定會盡可能協助妳的。」

雖然這可能是我多心，不過他這樣認真的語氣和態度，總覺得和拓海有點像。

進入二年級第三學期沒多久，一過了年氣溫就驟然下降。練習場雖然有屋頂，但畢竟面對標靶方向可是門戶全開，自然也是冷到不行。因為在寒風中硬撐著，所以越來越多社員在冬天的時候射形也會有些縮小。話雖如此，我自己也有點怕冷，身體狀況不太好。

某天從拓海手上接過筆記本，上面寫了一大串關於我射箭時動作的細節指正。當中他大概特別在意，所以用墨筆大大寫著「『會』太短了！要趕快留意」。

「唔——」

我一個人在房間裡看著筆記本呻吟，突然聽見了手機的通知聲響，一看竟然是拓海傳 LINE 給我。

『筆記本看了嗎？』
拓海非常不擅長輸入文字，所以訊息總是非常簡短。
『正在看。』
我不服氣所以也回得相當短。
『能談談嗎？』
咦！什麼？怎麼忽然？還在思考的時候，他沒等我回訊息就打了電話過來。
「！呃，喂，什麼？」
啊——我怎麼就不能用更可愛更撒嬌的聲音接電話呢？
「嗯，抱歉，這麼晚了。因為我聽人家說如果養成習慣以後就很難修正，所以實在很在意。」
「啊，嗯。這個嘛，我自己也知道……就跟你說的一樣，最近好像越來越嚴重了，我也在想這不知道該怎麼辦才好。」
「妳自己也知道啊，那這樣得盡可能留意去改正才行。妳打算怎麼做？」
忽然問我「要怎麼做？」我也不知道要怎麼修正，所以不知道該怎麼回答。我沉默著，他便突然又來了句：「有在聽嗎？」
「嗯嗯，有、有，有在聽啊。嗯——該怎麼辦呢？」

「嗯，我在回家路上搭車的時候想了一下，是不是應該回歸基本拉空弓呢？」

咦？我忍不住想著，你在回家搭車路上一直一直都在想我的事情嗎？

「拉空弓啊……這樣很像一年級生呢。」

拉空弓指的是不拿箭，而只做拉弓的動作。

「所以不要在學校練習，而是在家睡覺前固定練習幾次這樣。不過這樣就得每天把弓帶回家了。」

弓長七尺三寸，也就是兩百二十一公分，上下電車如果不多小心，就會給周遭的人帶來困擾。比賽的時候會有很多社員一起持弓移動，所以副將的工作之一就是在他們行走的時候一邊留心周遭狀況。

「……在家拉空弓啊，感覺有點麻煩，但應該會有效果吧。」

這回答簡直就像是在講別人的事情那樣無關緊要，冷漠的我也太令人傻眼了吧。

「嗯，應該會很辛苦吧。所以我也會陪妳，一起練習吧。」

「咦？什麼意思。」

我很清楚自己的聲音拉高了八度。

「因為覺得叫妳一個人做這麼麻煩的事情，好像不是很好嘛，而且我覺得這也是個調整自己射形的好機會。看要不要這樣？大概一個月左右，我們每天拿弓回家，妳方便的時候就用LINE跟我說一下，我就去準備一下一起拉空弓練習。這個嘛……三十次妳覺得如何？八節一項項確認然後拉弓，會要拉滿十秒。最重要的是每次都好好做，那我想大概拉三十次應該是夠的。」

「……你都這麼說了，嗯，應該就試試看吧。」

於是我們開始了只有我們兩人的特訓。

『差不多可以開始了。』

看見我傳的訊息，他總是只短短回應『了解』。依照拓海的建議，我仔仔細細地拉三十次，這樣大概要花費三十到四十分鐘。之後我就會傳訊息說『結束了』，他也會回我『做得好！』還有貼圖。光是這麼簡短的往來就讓我開心到不行。

順帶一提，人將和弓舉起來大概有三公尺半的高度，我家除了挑高的玄關口以外，沒有任何地方可以拉弓。我後來才知道，拓海家裡是完全沒辦法，所以他要到外面庭院去練習。大冬天的半夜肯定相當寒冷。

到二月春季大會之前，我那不良習慣已經修正了。有一天晚上，在我報告拉空弓練習結束之後，他在一如往常的『做得好！』貼圖後面又傳了……

『我想妳的壞習慣已經修正了，所以特訓就到今天為止』這樣的訊息。

然後是『辛苦啦！』貼圖。

我們兩人的特訓就這樣驟然結束了。

我想著得回訊息才行，重看了好幾次每天相同的訊息往來，回過神才發現手機的畫面已經溼答答。

我好不容易才傳出一個比較搞笑但寫著「謝囉～」的貼圖傳出去。

「哎呀，沒事吧？」

聽見良子姐的聲音我這才發現自己又在掉淚，今天到底是怎麼了呢。

「良子，今天二樓空著，要不要請她去那邊休息一下？」

良子姐簡短回答「嗯」之後，就溫柔地推著我走向通往二樓的階梯。

二樓有很大的窗戶，被包裹在柔和的陽光中。右邊遠處有個鋪了榻榻米而稍微高起的場所，正中間寬敞的區域有工作檯之類的東西排成了口字型。左牆牆壁是整面高到天花板的抽屜和櫃子，整體上來說很像是學校的美術教室。

我這才忽然看見左邊遠處有個古老的大書桌。良子姐大概發現了我的視線，便對我說：「很棒的書桌吧？」

她推著我走到書桌旁邊，拉出了桌前擺放的椅子。

「坐吧。」

椅子是穩重的皮革椅面，看起來跟桌子使用了同款木頭。我將手放在書桌上，用手掌撫摸看看，那有些粗糙的質感真是舒適。要是就這樣趴下去大哭一場可能還比較痛快，但在良子姐面前實在無法這麼做。

「那真是不好意思，我先回店裡一趟，放好東西後，如果店裡客人不多的話，我會馬上回來的。真的一下就好，妳在這裡等我喔。」

良子姐說著便啪噠啪噠地下了樓，她大概是在無意識中說了「我馬上回來」而不是「過來」，我想對於良子姐來說這裡也很像是她家吧。

我從書包裡拿出練習紀錄筆記本，從第一冊到第十冊，書背上都貼著拓海鄭重寫著「弓道練習紀錄筆記本」的奶油色標籤。他的字真的非常整齊，從第一冊到第十冊一字排開，就會看到幾乎是同一個位置上那影印般的相同文字。

每本筆記本上方都有露出來的便利貼，寫著哪一頁有重要的事情，或者拓海覺得必須要再次確認的東西。便條上面還有重新看過的日期等，擠滿了蠅頭小字。每一頁都使用了各式各樣的顏色、粗細及大小寫下特別要注意的事情，填滿了每次練習的回憶。如同拓海在同學們面前宣告的，他身為主將的一年，將一切都奉獻給了弓道社。這十本筆記本就像是證人。

我翻開第十本筆記本，拓海最後寫下訊息的那一頁。日期是星期天，也是我們確定引退的日子。

筆記本上寫著男子組和女子組個別的比賽結果，接著寫下給每個選手的詳細建議。高中大賽的東京都預賽是五人團體戰，射手每個人射四箭，五個人合計總共二十箭，前八名的隊伍可以晉級到準決賽。如果敗退，三年級學生就確定會引退。非常遺憾的是，我們的男子組和女子組要升上準決賽都還差一箭。順帶一提，團體賽預選也是個人賽預選，四射都有射中標靶的拓海當然有通過預賽。但或許是團體賽預選失敗給他的打擊太大，決勝四射中只有兩箭射中，沒能夠得到名次。

但他完全沒有寫下關於結果好壞的事情，只在筆記本上寫著每個選手在比賽前做了什麼樣的練習，因此得到什麼樣的成果。拓海身為主將應該是最為悔恨的，但他卻能如此冷靜，讓我覺得相當不可思議。

關於我出場的部分，他也寫著「雖然一直處理社團雜務，但基本上還是相當老實的射形。不會急著放箭、動作相當穩重，身為副將是相當光明磊落的。」

「……真的好像顧問老師喔。」

我忍不住喃喃念著。

頁面最後還寫著這樣的一段話。

給澤村七海副將

這一年辛苦了。我老是任性妄為，給妳添了很多麻煩。對不起。然後謝謝妳，我真的覺得感激不盡。

雖然很遺憾在預賽當中從來沒能進入前三名拿到獎狀，但我認為不管是同學還是學弟妹都沒有人退社，這點讓我感到相當自豪。

這也都是託了妳的福。我想若副將不是妳的話，大家應該早就受不了我，肯定會有很多人退社。

但妳若不是副將，我想除了社團以外妳應該也能去做許多有趣的事情，所以我也覺得相當抱歉。我想妳應該有很多其他想做的事情吧？一直都聽我使喚，實在抱歉。

畢竟之後還有大學考試，所以沒辦法太過悠哉，但剩下來的高中生活希望妳能好好享受。

最後再跟妳說一次，謝謝妳！

主將　森川拓海

文末的「謝謝妳！」好像是用墨筆，字跡大且強而有力。我不管讀幾次都會掉淚，有好幾處都暈開了。今天又不小心多暈開了幾處。

昨天上學的時候，筆記本就在鞋櫃裡面。其實我應該要在昨天寫好然後還給拓海的，但我實在無法下筆。結果還把放在練習場書架上的前面九本都帶出來，雖然全部都看過一遍了，但還是不知道該寫什麼好。

不，這根本就是謊話。其實不管寫什麼根本都不重要。才不是因為那樣，而是因為我一旦回覆了以後，這本筆記本的往來也就會到此為止，我討厭這樣。……但是又不知道該如何是好。

一回神才發現阿硯拿著小碟子站在旁邊。

「我泡了茶，另外還有豆大福。請用吧。」

他說著便將茶碗和放了大福的小碟子擺在書桌上，我正打算站起來，卻被他用手勢制止，他看著桌上筆記本又說了下去。

「這樣說好像有些失禮，不過看起來很有高中生的感覺呢，校園筆記本。尤其是B5尺寸更讓人有這種感覺。」

「……是這樣嗎？筆記本，長大以後就不會用了嗎？」

阿硯歪了歪頭思考著。

「為了寫筆記還是會使用吧。不過最近都能夠輕鬆使用手機或者平板來做各種事情，所以使用筆記本的人越來越少了。嗯，還是會有一些人堅持用筆記本啦，針對那些人，也有使用特殊西式紙張的高級商品，或者封面、內頁，甚至裝訂方法都能自由選擇的訂製品之類的也很受歡迎。本店也可以製作獨家筆記本，也提供客製。」

「哇，這樣啊……」

我都不知道。如果送拓海特別訂製的筆記本，或許他會很高興。

「雖然我這裡有開放訂製筆記本，講這種話好像很奇怪，不過KOKUYO的校園系列商品完成度相當高，從『這樣的品質只賣這個價格』這點來看實在令人敬佩。而且原本筆記本就是要盡量寫、把它用完的東西，我看了一下這裡大概有十本？能這樣徹底使用，我覺得是筆記本也會最為開心的使用方式。」

阿硯看著我和拓海的練習紀錄筆記本的視線相當溫暖而溫柔。或許因為他是經營文具店的人所以也是理所當然，但讓人感受到他真的非常喜愛文具。

「……不過星期天的比賽輸了之後，我們已經引退了。所以這本練習紀錄筆記本也已經要功成身退了。」

在我眼前攤開的筆記本有拓海寫的「謝謝妳！」。都寫這麼大了，我想站在一邊的阿硯應該也能看清楚吧。

「哎呀，這該怎麼說呢……畢竟有開始就有結束。但是正因為有結束，所以才能有一個新的開始。這麼想，妳覺得如何呢？」

阿硯又說：「總之妳先用茶跟大福吧，我很快就回來。」然後下樓去。不管是良子姐還是阿硯，怎麼都說什麼「馬上回來」還是「很快就回來」，然後跑下樓梯呢。

我忍不住覺得好笑而笑了出來。闔上第十本筆記本，放在另外九本上面，將手伸向茶碗。香氣十足的綠茶真是好喝，大福旁邊有放上日式點心叉，但我覺得麻煩直接用手抓起來咬掉一半。口感彈牙的麻糬外皮和甜度降低的紅豆餡相當對味，實在是很好吃的豆大福。

剛才我還哭得那麼慘烈，吃點好吃東西就讓心情放鬆了，想想我也真是非常小家子氣。

聽見猛然衝上樓梯的腳步聲，我連忙用手帕擦了擦嘴邊。

「久等了。請務必使用這本。喔不需要費用，就當成是感謝妳來店，我送的東西。」

阿硯遞給我的是一本全新的校園筆記本，是跟拓海和我的練習紀錄筆記本完全相同的B5尺寸B式橫格筆記本。

「咦？那、那個。」

阿硯對於手足無措的我解釋著：「哎呀、哎呀，妳冷靜點。」又說了下去，「我不清楚事情前因後果，所以完全猜錯了也說不定，不過我推測妳應該是想和那個跟妳一起寫筆記本的男生，再繼續用筆記本對話下去吧？」

我也搞不太懂，自己為什麼都用「可是」來回應。阿硯沒有肯定也沒有否定，只是點點頭接受我的喃喃回應。

「……可是……」

「畢竟我只有看到封面和剛才妳翻開的那一頁的大字，所以不一定猜對。不過看他的字跡相當仔細卻又能拉出筆畫，他是叫拓海嗎？我想他應該是非常耿直又拚命的人吧。這一年內，他應該非常積極地向身為副將的妳提議很多事情，然後努力帶領大家對吧？但是引退以後你們之間就不需要介意主將和副將的立場了。這樣的話，我覺得接下來用七海這個身分，向他提建議也很不錯啊。」

阿硯將手上的校園筆記本放在我眼前。

「妳可以打開右邊抽屜正中間那格，裡面放了油性筆、原子筆還有色鉛筆等等，有很多書寫工具。想用的話就用吧。一般我會拿信件組，或者信紙信封之類比較適合用來表達心情的商品，不過對於現在的妳來說，應該沒有比校園筆記本更好的東西了吧。」

我凝視著眼前全新筆記本的藍色封面。

「請讓我用買的。我覺得非常感謝，但如果不是我自己買的，我實在不好堂堂正正交給拓海。」

一回神才發現自己是站著說這句話的。

「真的好嗎？可是……我覺得晚點良子會罵我強迫推銷……」

阿硯的聲音忽然變得很虛弱，害我笑了出來。

「沒問題！良子姐那邊我會好好說明的。」

「那麼要離開的時候再付款吧。」

阿硯輕輕點著頭，安靜地下樓去了。

眼見只剩下我自己，就把新本子放在書桌左上方，重新將第十本拿到手邊。緩緩地深呼吸，再次打開拓海寫的那一頁重讀。我從書包裡拿出鉛筆盒，拿出平常使用的水性原子筆，在旁邊那頁放下筆尖。

我從練習紀錄筆記本的第一冊開始回顧，腦中想到什麼經營社團的各種事情都隨心寫下。這個、那個，還有那些事……除了星期天以外，一直一直都在練習。星期天也會有練習賽或地方預賽，這一年內沒有任何計畫的日子根本不超過十天。我一直和拓海在一起。

覺得開心的事情、悲傷的事情、悔恨的事情……明明有很多事情可以寫，如此不中用的我卻一次也不曾將自己的心情說出口。

然而拓海卻對這樣的我說過這樣的話。我記得那是在練習賽後輸得一敗塗地回家的路上。

「今天結果也是有夠慘的……為什麼我還能繼續努力下去呢？我想一定是因為有七海跟我一起努力的關係吧。」

一瞬間我還以為自己聽錯了。他平常都是隨口叫我的姓氏「澤村」，但那時候卻叫我「七海」。

因為太過突然，所以我假裝沒聽見，也沒有回答。

「因為拓海很努力，所以我才努力的唷。」

要是能老實說出口就好了，這是三年裡我最後悔的事情。

一回神才發現我已經寫了超過十頁，外面太陽都已經西斜，已經快要從傍晚進入真正的夜晚。我深呼吸了一口氣。

給森川拓海主將

這一年辛苦了。雖然比賽沒能獲得好成績，但我想大家都能夠明白，為了讓弓道社變得更棒，你這個主將有多麼努力。所以就算你比較嚴厲，或者挑選選手不分年級之類的，大家也還是乖乖遵循。

雖然時間已經無法倒流，但我還是相當懷念和主將一起拉弓的日子。

如果能有更多、更多時間的話，一定會有更好的成果。明年、後年，或許是未來的學弟妹們，一定會有成果的。

所以請你抬頭挺胸地說你是我們的主將。

除了你以外，沒有人能夠擔任我們的主將。

如果主將的生活中沒了弓道社，還真令人擔心你會不會提不起勁而感冒之類的。

希望你能趕快找到下一件投入的事情。

我很容易想太多，又怕生，能夠進入弓道社如此嚴厲的社團卻努力三年沒有放棄，而且還堂堂正正地當了一年的副將，真的是非常神奇。全部、全部都是託了森川同學你的福。謝謝你。

副將　澤村七海

一口氣寫到這裡，我從鉛筆盒裡拿出小小的黃色便利貼，寫上「後面寫在另一本！」，然後貼在該頁最下方。

接著打開全新校園筆記本的第一頁，開始老實寫下從三年前的學校說明會上第一次遇到他時，就喜歡他的事情。

很奇妙的是寫下喜歡以後，或許是膽子大了，就連「請你跟我交往」都能順手寫下。我想肯定是校園筆記本在幫我加油。

接著我又寫了幾句。

如果你願意回應我的心情，還請幫筆記本寫上標題後還給我。對了，就跟一開始的練習紀錄筆記本一樣。

還有寫的時候請省略姓氏，寫名字拓海就好了。

這三年來我一直都很想叫你「拓海」。本來是主將森川同學和副將澤村，我希望接下來是單純的拓海與七海。

「對不起——結果還是這麼晚！原諒我～」

正闔上新的筆記本，良子姐就跑上了樓梯。一看手機才發現已經六點多了。

「不過呀！瑠美也來了，說看晚餐要不要在我們店裡吃了再一起回家。」

「咦？妳聯絡了我媽？」

「哎呀，不好嗎？因為我把妳留到這麼晚啊。而且機會難得，我想說阿硯也可以見個面。」

我連忙將第十一本筆記本收進書包裡。

「那個……」

「我懂的啦！」

良子姐笑著說。站在後面的阿硯也重重點著頭。

～～～

在這意外寒冷的日子裡，走在銀座小巷中的人腳步相當悠哉。拿著籃子和保溫瓶的良子從他們之間和搖擺的柳樹下快步通過，走進「四寶堂」，後面跟著兩道人影。

「對不起——我又遲到了。」

一進店裡，良子便喊著。

「我是不想一直碎碎念啦，不過這裡跟『托腮』只有走路五分鐘的距離耶。妳每次都遲到究竟是怎樣啊？根本就是故意的吧。」

四寶堂店主寶田硯以相當傻眼的語氣說著。

「阿硯對不起，是我們害的，請不要罵良子姐。」

在良子身後走進四寶堂的七海說著。

「哎呀，七海，歡迎光臨。一個月不見了呢。咦！」

話剛說完硯便哽住。

「您、您好……」

穿著制服也給人正氣凜然感的少年有些結巴，但還是相當有禮地低下頭。

「他是森川拓海同學，請多多指教。」

七海的臉紅到不行。

「哎呀，歡、歡迎光臨啊。我是四寶堂店主寶田硯，還請務必多多光臨小店。」

在我們三人結結巴巴打招呼的時候，良子在一旁放好了外送的三明治。

「來，久等啦。」

聽見良子喊硯，七海馬上說著。

「阿硯久等了，你先吃吧。我跟拓海會看看店裡。」

話才說完就拉著拓海的手說：「你來看，光是校園筆記本就有好多種喔！這邊、這邊。」然後消失在筆記本商品區當中。

「……真是太好了。」

目送兩人背影的良子語氣聽來相當感動。

「先是瑠美然後是七海，連續母女兩代的邱比特，妳還真的是很會照顧人呢。」

硯咬著三明治說道。

「哎，是啊……」

「不過妳也不能老是只照顧別人吧？」

良子大大嘆了口氣搖著頭，忍不住說出：「是啊……」

位於東京銀座一角的文具店「四寶堂」，裡頭流動著能輕柔包裹兩組男女互動的安穩空氣。

〈風景明信片〉

「爸，你沒事吧？」

女兒一臉擔心地探頭看著我的臉。也難怪了，我剛才在廁所看了一下鏡子，我的臉色實在很蒼白。

「喔，嗯。我沒事。」

我起身的同時嘆了口大氣。

「抱歉，今晚我還是不守靈了，我得冷靜點想想。」

我對著躺在棺材裡的老婆說了聲：「掰囉。明天見。」

「欸，真的可以嗎？不需要太勉強的，普通的悼詞就可以了。要是老爸太努力結果搞壞了身子，是我們會困擾啊。」

「一次全部弄完不也挺好的嗎？」

女兒有些無奈地嘆了口氣後輕輕搖搖頭。

「阿蘭跟茉莉會罵我的。總之你不要太過勉強，結果一睡不起喔。畢竟這個葬禮很簡單，只有叫了親戚跟親近的朋友來。」

「怎麼，沒有找妳媽工作方面認識的人嗎？」

「嗯，媽說『我都退休超過十年了，不需要找他們』。而且為了公司要借大會場舉辦葬禮會變得很複雜，說是不想給我們添太多麻煩。」

「真像妳媽會說的話……」

我忍不住又嘆了口氣。一直到最後的最後，她還是這樣體貼周遭……讓人覺得她為什麼不多為自己做一些呢？

「而且要是葬禮辦那麼氣派，就很難讓已經離婚的爸來講悼詞吧？畢竟媽最大的希望，就是請爸來念悼詞啊。」

「雖然這聽起來很奇怪，不過如果這是給我唯一的遺言的話那也沒辦法。但妳們覺得讓我來說，這樣好嗎？」

「嗯，其實現在大部分會省略悼詞的步驟呢，通常都是司儀念幾封弔唁電報就結束了。所以我們不想違背媽的希望，讓爸以外的人來念悼詞。」

「……這樣啊。」

一瞬間腦中閃過要是女兒們反對就好了的喪氣想法，但看起來還是乖乖認命比較好。

我輕咳一聲轉向門口，女兒跟著過來再次叮嚀。

「今天要好好地早點睡覺喔。明天的告別式是十點開始，爸你要九點左右過來喔。」

「好，我知道了。」

坐進葬儀社幫我叫的計程車，我告知了最接近我家的車站。司機是個年輕男性，一瞬間想著要是是個開車粗暴的傢伙就糟了，沒想到他的駕駛技術相當平穩。我鬆了口氣，向後往椅子上靠。

我在行進的汽車裡從車窗看著天空，一片蔚藍天空中沒有半朵雲。「老婆死掉了，但今天卻晴朗無雲呢……」我輕聲喃喃落下這句話。雖然不指望下暴雨，但至少下場秋季綿綿細雨也不錯啊。

忽然想起一件事情，我轉而向司機說道。

「抱歉，可以改成去銀座嗎？」

司機說著：「咦，是，我明白了。我開一下導航。」接著就把車子靠向路邊，開始操作起導航。我拿出手機找到一個聯絡人之後，撥了電話過去。

大概花了四十分鐘吧，如果是相當習慣東京道路的司機，應該三十分鐘左右就會到了，不過今天的我遇到這個開車平穩的司機真是太好了。

「您要怎麼付款呢？」

我從錢包裡拿出一張一萬圓鈔票。

「不用找零了。」

年輕司機一臉驚愕，慌張說著：「這樣太多了。」

「沒關係，你收下。」

丟下一臉畏縮的司機，我下車來到柳樹步道上。大概是在門口等我吧，文具店「四寶堂」的店主阿硯馬上就走了出來。

「哎呀，阿硯，這麼突然真抱歉。」

「不會的，歡迎光臨。」

我大概一個月沒見到阿硯了吧？上次見面是因為要討論我每年都會委託的賀年卡，不過那件事情也得要重新考慮一下了。我的習慣是每年十一月中旬左右來拿印好的賀年卡，每張都手寫一些問候的話語。不過今年該怎麼辦呢……雖然已經離婚了幾十年，但前妻過世了，我還能悠哉地寄賀年卡嗎？

穿過阿硯幫我拉開的玻璃門進入店內。平常我總會在一樓的店舖逛逛，看看那些季節明信片和新的書寫工具等等，但今天實在沒有那個心情。

阿硯拉上門後轉向我，深深低下了頭。

「實在是非常遺憾，還請您務必節哀。」

「……謝謝你。哎呀，真是的，拿你沒辦法，竟然對我說這種話。」

「真、真抱歉。」

阿硯慌張地再次低下了頭。

「不、不，我只是狼狽得很不像自己而已，你不需要道歉的。」

說著我便往店後方走。

「方便讓我上二樓嗎？」

平常這本來就是來往半世紀以上老客人的特權，原本我也是能隨意走上二樓的，不過今天忽然就跑過來，總覺得還是得開口問問。

「當然了，今天並沒有任何工房開課，二樓就留給您用。」

「哎呀，真是感激不盡。不過會在這裡二樓開課的老師都是些美女呢，沒能見到她們真是有點遺憾。」

勉強自己打著哈哈，但大概我的語氣和平常不一樣，阿硯的表情還是很僵硬。我輕輕搖了搖頭往樓上走。

一如往常，我站在中間平臺區回頭看看店鋪，下意識地說出：「這裡一直沒變呢。……太好了。」

「太好了是指什麼呢？」

阿硯聽見了我喃喃自語。

「咦，呃、沒、沒什麼大不了的啦。該怎麼說呢？店裡的氣氛一如往常吧。發現這點讓人覺得有點鬆口氣……平常總是沒怎麼在意，就只是自己認定這裡就是這樣、那個人就是那樣，但又重新感受到其實並不是那麼一回事，不過是自以為是。」

「喔……」

沒錯，對於現在的我來說，一切不變是最令人感激不盡的。

我在平臺擺放的椅子上坐下，看向一旁的咖啡桌。桌上放著單花用的花瓶，插著大紅色的玫瑰。看起來像是今天早上才插的，每片花瓣都生氣蓬勃。

我用指尖輕輕碰了碰花瓣，略略點頭。

「其實我很想在這裡喝個茶看著窗外的巷弄，但今天不行呢。畢竟我還得寫悼詞這種麻煩的東西。」

阿硯默默點了點頭。

二樓的百葉窗拉起，陽光越過周遭大樓射入，室內光輝燦爛。右邊遠方有個略略高起四塊半榻榻米的空間，對側左邊角落的窗邊，則擺著可以說是鎮店之主的老書桌。

我直直走向書桌，在那椅面略硬的椅子上坐下。左方牆邊自地板到天花板設置有許多抽屜，跟了過來的阿硯拉開了其中一個，從裡面拿出一個文具盒，那是我擺在這間店裡的。

「接到您的電話以後我馬上確認過墨水的狀態，我想應該是沒有問題的。便箋用平常的款式就可以了嗎？」

阿硯將文具盒擺在桌上一邊問著。

「嗯，只要協助代筆的人能讀懂就行了吧？」

「是的，對方畢竟也是專家，用什麼寫都可以。」

「這樣啊，那用平常用慣的東西就可以了吧。」

「是的。其實最近會給手寫原稿的人反而比較少見呢……需要的話，我可以做成WORD檔。當然這樣就必須阿正您跟我說內容就是了。」

「……說的也是呢。說老實話我沒有自信自己寫，如果你能幫忙的話那就太好了。不過店面怎麼辦？」

「沒問題，我剛剛請良子過來了。今天『托腮』好像比較不忙，所以我請她外送餐點過來，順便幫忙顧店到傍晚。等一下咖啡應該就會送過來了。」

阿硯將文具盒移動到書桌角落，又回到牆邊從另一個抽屜中拿出電腦和滑鼠。接下來他拆下一個作業檯的卡榫，挪動到我旁邊來。然後在作業檯的另一邊坐下，打開電腦電源，看著我的臉點頭。

「那就麻煩你了。」

我端坐著將左手放在桌面上，為了感受那略為粗糙的木紋而用指尖輕撫著桌面。

「……嗯——」

正想著該從哪裡說起，我的嘴巴就自動開始說起了我當初是怎麼認識老婆的。

我是在新加坡認識老婆的，那時我三十歲，用以前在公司工作存的錢和人脈剛創立一間小小的貿易公司沒多久。

老婆在我住的那間飯店裡的賣店工作，她會說流利的英語、馬來語和華語，我原先以為她是新加坡人。她是個圓臉且笑起來相當可愛的女孩。

那時候出國旅行還不是很常見的活動，去出差的時候寄張明信片給客戶，大家都會很高興。因此我每天都會去那間賣店買明信片，大概是每天都只去買明信片，看起來實在是個怪人吧。

有一次老婆用紙袋把明信片包起來的時候就問我了：「這麼多明信片，是要寄給誰啊？」忽然聽見她說日語，真是嚇了我一大跳。

「妳會說日語？」

沒回答她的問題，我反而問起她來。老婆像是惡作劇被抓到的孩子一樣，有些害羞地笑著點點頭。

「因為我媽是日本人啊。」

「……哎呀，是喔。」

「所以你是寄給誰？每天都買個五、六張，是送給很多不同的女孩子吧？真是個壞蛋。」

老婆直盯著我的眼睛問我，那瞬間我就覺得，哎呀糟糕了，我愛上這女孩了。

「說那什麼話啊。這個啊是寄給我日本的客戶，就當成是順便跟他們報告說我在新加坡努力！畢竟公司老闆好幾個月都不在日本，大家也會擔心說這間公司沒問題嗎？所以我就寄明信片給他們，當成有在好好工作的證據。」

「所以你都挑一些新加坡風格的明信片呢。」

「嗯，對啊。而且貼上新加坡的郵票拿去郵局，也會有新加坡的郵戳對吧？畢竟是明信片嘛。沒有比這個更棒又便宜的證據了。」

「喔？這樣啊……咦，等等？你剛才是說自己是老闆？」

老婆發現了什麼似的有些驚訝地說著。雖然這問題感覺很沒禮貌，但我卻不覺得生氣。畢竟我才剛年過三十，臉又算是稚氣的根本沒有氣魄，就算在日本也常不被人當公司老闆看待，實在是沒辦法。

「嗯，欸是啊……不過包含我自己在內，整個公司的員工人數也只能勉強組個棒球隊的小型貿易公司而已啦。」

我從口袋裡拿出一張名片遞給她，正面上是直書的日文寫著「大橋商事株式會社董事長兼社長　湊川正太郎」，背面是用英文寫的相同資訊。

「哎呀，好氣派的名片。我聽說日本戰敗以後非常慘，但現在已經能有年輕老闆拿著這麼有模有樣的名片出來走跳了呢。」

「是啊，我硬是請位在東京銀座那個日本第一鬧區裡的老文具店幫我做的，正如妳所說，我很年輕，所以說自己是老闆還是有很多人不相信呢，只能在給別人的東西上多點講究。」

「咦？公司名稱叫大橋商事，但你明明姓湊川啊。」

「嗯，我希望公司能夠成為連接世界的巨大橋梁，所以才取名叫大橋商事。也有不少人跟妳一樣會注意到這件事情，對方會想說真是個奇怪的傢伙呢，就能記住我。所以我也覺得沒有直接用自己的姓氏是正確的。」

「哇──你考量過很多呢。」

這麼說著，老婆把我剛才遞給她的名片推了回來。

「給我太可惜了，所以還給你，畢竟這連一張都不能浪費吧？我知道湊川先生你的名字就夠了。」

「真是令人慚愧……我得趕快將公司做得更大，讓妳可以不需要任何顧慮就收下我的名片。」

我這麼說著，拿回了老婆手上那張名片。她在手邊的便條寫下自己的名字和電話號碼。

「請叫我藤子，日本人都是這麼叫我的。」

「藤子啊，那妳也叫我阿正吧。這是妳家的電話嗎？」

老婆微微皺著眉搖頭。

「是這間店的電話號碼，要是有男人打電話到家裡，我爸可要發瘋了。有事情的話請撥電話到這裡。」

此時正好有其他客人來了，她開始用英語待客。她的發音實在是相當漂亮，和我美國腔強烈的英語比來簡直是天差地遠。在我走出店門時，老婆跟我眨了眨眼。在那之後我就相當迷戀她。

第二天我也去了店裡，再怎麼說畢竟我有買明信片這個理由，輕易就能走進去。

一開始，她看我進門都是用日語向我說「早安」或「你好」，對其他客人打招呼則用英語，所以我覺得自己是得到了特別待遇而心情相當好。

在名片那件事情大概三天後，我一大早就到老婆的店家去露臉，邀她吃晚餐。

「我很高興，但我家有門禁……而且我們家規定晚餐要全家人一起吃，甚至如果朋友無論如何都想和我吃飯，就要請對方到家裡。真的很不好意思，我沒有和男性一起去過餐廳，頂多就是高中的時候有在咖啡廳吃過午餐吧。」

那時候我想著，還真是家裡非常嚴格的閨女呢。

「那還是這樣？中午休息時間我們一起吃個午餐吧。」

「我的午休時間還滿不一定的耶，可以嗎？」

「沒問題，畢竟我自己就是老闆嘛。」

雖然這也是我有點虛張聲勢，不過畢竟是一個人來出差，只要稍微調整一下商談的時間就好，倒也不困難。

之後我都會配合她的休息時間一起吃午餐。我慢慢知道一些老婆的事情，也多少告訴她一些我的事情，不過午休時間就只有六十分鐘，能夠好好談話的時間頂多也就三十分鐘而已。無論何時我們總是聊得非常開心，因為時間不夠而感到非常沮喪，殷殷盼望著下一次見面。

感覺兩人的距離縮短了，互稱藤子和阿正已經不再那麼尷尬的時候，我的出差時間也差不多要結束了。就在隔天得回去日本的那天，我對老婆說了。

「我得回去日本了，搭明天的船離開。」

老婆眼角帶著憂鬱，但還是盡可能擠出笑容。

「我還想說出差停留一個月感覺很久，但時間其實過得很快呢。工作方面順利嗎？」

「嗯，託妳的福。預定要進行的商談全部都談好了，我回去日本以後，就得要趕緊根據契約開始發送商品。而且日本國內的商談先前都交給留在日本的員工，也是得去關照一下。雖然在這裡能和妳悠哉吃午餐，不過回去日本以後，每天就只有五分鐘可以把一碗蕎麥麵灌到肚子裡了。」

「其實你在這裡也沒什麼吃午餐的時間吧？真抱歉勉強讓你擠出時間，但我真的很開心。謝謝你。」

我握著老婆的手。

「說什麼話，是我硬要邀妳的啊。該道謝的人是我才對，謝謝妳。我想送妳謝禮，妳有沒有想要什麼東西呢？我預計過了三個月左右還會再過來，到時候我會拿來的。」

老婆將另一隻手放上我握住她的手。

「……不用，什麼都不用，只要你過得好就好。」

我原本以為她會想要化妝品或者電器用品之類的，害我愣了一下。

「真的什麼都不需要嗎？」

「嗯，只要阿正三個月後很有精神地回來就好了。」

說難聽一點，我先前都是靠著忍耐餓肚子的飢餓精神來經營公司，她這種話對我來說相當新鮮。我真的是完全敗給了她，打從心底迷戀她。

我不知道該接什麼話，她忽然沉默地輕拍我握著她的手，並重重點了頭。

「對了！我想到一個好主意，我可以拜託你一件事嗎？」

「嗯，什麼都可以！」

老婆直盯著我的眼睛說道。

「那麼，請你寄明信片給我。我不要求你每天寄，希望一星期一張吧。三個月的話就差不多有、十二張？阿正你說自己在日本也會到處出差對吧？除了東京以外，應該也有很多其他明信片，大阪、京都、北海道或者九州之類的？你跟我說的那些地方，我都沒有見過，如果能寄明信片給我就太好了。」

她說著便撕下手帳本的一頁，寫下地址給我。

「嗯，我知道了。我會還有漂亮照片的寄給妳，說好了。」

在非常舒適宜人的風中，那時候我第一次吻了老婆。

「這聽起來是很棒的故事，但沒有稍微美化了嗎？」

阿硯說著也停下了敲打著鍵盤的手。

「完全沒有。要是我有寫劇本的才能，早就走上那條路啦，怎麼可能來幹什麼貿易業呢，我就去開電影公司了。總之那時候我真的很純情，拚了命要吸引她。」

「哎呀，我知道阿正平日素行如何，實在很難相信耶。話說回來您說的那個名片，是我們店裡做的嗎？」

「嗯，是啊。公司的規模變大以後，阿硯你祖父硯水先生說實在沒辦法處理我們所有員工的量，所以我就沒有再繼續訂了。記得那時候應該是超過三百人了吧？員工數量。用好的紙張以活字印刷的氣派名片，不管在哪裡拿出來，大家都會一臉驚訝地『哇！』呢。當初真的是承蒙硯水先生幫我做的那個名片不少幫助啊。」

「我也已經好久沒有在自家店裡印刷了呢，不過活版印刷機和活字都還在地下室。先前我也有想說哪天該維修一下，雖然規模比較小，但還是可以接一些生產名片的訂單……」

阿硯手摸著下巴點點頭。

「務必拜託你了，我也相當期待喔。」

「話說回來，後來您就依照約定寄明信片給她嗎？」

「當然了。」

沒錯，我在回國路上經過胡志明、澳門和香港時都寄了明信片給她，抵達橫濱以後馬上又寄了。雖然俗話說三分鐘熱度，不過持續到四次以後就會變成習慣，也就更加簡單。回到日本以後，我在白天出差也習慣去買張明信片，在睡前就像寫日記一樣寫下那天發生的事，完全養成了習慣。

先前我總是每天喝到爛醉，但後來一想到回去還得寫明信片給老婆，很自然就不會拚命灌酒，也就不再那麼容易出醜。現在想想我在單身時代沒有弄壞自己的肝，或許是因為養成了寫明信片的習慣。

那時候我經常到大阪、京都或奈良等關西地區出差，所以風景明信片也大多是大阪城、金閣寺、東大寺的大佛等觀光客用的款式。雖然這樣看起來就只是單純的觀光伴手禮，但我覺得沒有見過日本的老婆可能還是會覺得開心。話又說回來，在佛像照片背面寫什麼「我愛妳」還是「真想馬上見到妳」之類的，真虧我沒遭天譴。

另外也從北海道、九州還有四國等地寄出了不少張，當然東京地區的淺草雷門、皇居二重橋等各觀光勝地的風景明信片，我也幾乎都寄過。

就這樣，三個月一下子就過去了。我在離開日本的半個月前就確定好船班，在明信片寫上預定抵達新加坡的日期後寄出。

經過幾天的旅程下了船，老婆就站在入境海關的外頭。那時候我的心情真是一言難盡。

港口的人多到一片混亂，周遭的人潮卻從我的視野當中消失，我就只看得見她。我丟下裝滿樣品、契約書和重要商品的行李箱就這樣跑了過去，老婆也飛奔過來衝進我的懷裡。我們兩人緊緊相擁，好一會兒無法動彈。

那次出差其實我還帶了兩個部下，因為他們都看見了這一幕，所以好一陣子都拿這件事情來取笑我。說什麼「還以為在拍電影咧」。

那天晚上我第一次和老婆一起吃晚餐，兩人一起迎接早晨到來。

「嗯——我覺得我能了解下屬的心情耶，真的很像電影場景。」

阿硯傻眼地搖搖頭。

「哎呀，是嗎……才說到這裡你就這種表情，我很難繼續說下去呢。」

我搔了搔頭，阿硯忍不住笑了出來說著：「好啦，快點繼續說吧。」

第二次到新加坡出差的商談也相當順利，就在隔天要回去日本的那天，和我一如往常在午餐時間約會的老婆突然這麼說。

「欸，你今晚來我家吧，我爸說要請你來吃晚餐。」

那天傍晚我盡快結束工作以後仔細沖了個澡，穿上最好的西裝，走向飯店大廳。想著應該要帶什麼伴手禮才對，但又覺得不知道對方喜歡些什麼就隨便帶東西過去實在相當失禮，於是打消這個念頭。結果上來說這個判斷並沒有錯。

我比約定的時間早了些下去大廳，老婆的打扮非常正式，和平常完全不同，簡直換了個人似的。我在樓梯的中間停下腳步，愣愣望著她。她美得讓我覺得能就這樣盯著她看好一會兒。大概是發現了我的視線，她向我揮揮手。

「哎呀，久等了。妳今天晚上特別漂亮呢，我都不敢走近妳了。」

「討厭啦，不用那樣吹捧我啊。」

她笑著在我的西裝前襟插上一朵紅玫瑰。

「怎麼啦？這是。」

「哎呀，你不知道嗎？反正你應該沒帶晚宴服吧？就算是工作用的西裝，這樣插上花朵也會看起來變高級唷。好啦，走吧。」

她牽著我的手走出飯店，門前停了輛大車，由身穿制服的司機為我們開門。

「這車是怎麼啦？」

「是我爸的車，我請他派人來接我們。」

在我上了車後，她坐到我旁邊用英語說了句「開車」。

車子沿著海岸道路緩慢前進。

「畢竟有點早，我想說可以從能望見海邊夕陽西下的道路繞回去。」

司機用馬來語笑著說，她滿臉通紅地回了些什麼。兩個人都說得很快，我實在聽不清楚內容。

「吉米真是的，說什麼『看在夕陽這麼漂亮的份上，你們牽個手什麼的我可以當沒看見，不會跟老爺說的』啦。他就想鬧我而已。」

中年司機笑咪咪地開著車。

「吉米在我出生前就是我爸的司機，他開車從來不曾發生過意外，我爸在戰爭中差點遇難的時候也是他保護了我爸，對我們一家來說是相當重要的人。這樣重要的吉米說你及格了。」

想來這肯定只是體貼我緊張到全身僵硬，不過確實我的肩膀也得以放鬆了一點點。

沒多久車子從海岸線開往靠山處，中途道路旁有個類似石碑般的門柱，開過那裡以後就完全沒有對向來車了。

「完全沒車耶……」

沒有路燈，日落後一片黑暗的道路有點可怕。

「哎呀，因為這裡是我家的地啊。中途有類似門柱的東西吧？門板在戰爭的炮火當中沒了，爸爸說這樣鄰居要經過比較方便，就不打算修了。意思是請隨意路過。」

傻眼大概就是這麼一回事吧。穿過那寧靜的森林以後，眼前突然一片開闊、出現一棟殖民風格的建築物。外牆白到發亮，彷彿飄浮在半空中。

門前站著一位穿著晨禮服的管家，戴著白色手套為我們拉開車門。穿過往兩旁打開的大門，裡面是豪華到彷彿電影布景般的宅邸。

真的是非常不好意思，我一直到那時候才知道老婆是新加坡最成功的財界人物陳先生的女兒。

陳先生穿著晚禮服出來迎接我們，用餐的廳房擺著隨便都能坐下二十個人的豪華桌子，他就在那裡招待我全套晚餐。對話都是英語，主要是美術、音樂和戲劇等，那時候我真的是完全跟不上對話。

晚餐結束後，陳先生邀我到書房去。我對一臉擔心的老婆眨了眨眼後就跟了過去，一進到書房他就勸菸，同時遞給我威士忌酒杯。

「好啦，你跟我女兒交往到什麼程度了？」

兩個人在椅子上坐下，陳先生便直接開口這麼問。

「我們是在四個月前認識的。我在東京經營一間小型貿易公司，因為業務而來到此地。目前只有信件往來和一起吃中餐，還不是您需要擔心的程度。」

實在是無法說真話。我拿出名片遞給陳先生。

「大橋商事……實在抱歉，先前沒聽過呢。」

想想也是理所當然。對方可是連大企業分公司的董事長兼社長也不一定能取得面談機會的大人物，怎麼可能知道我這創業沒有幾年的小貿易商。

我告訴他自己的父母都在戰爭中過世，因為幫忙黑市物資流動所以學會工作，靠自己賺的錢念到大學畢業，在大型貿易公司工作幾年以後，幾年前才自己開公司。這是第二次來新加坡，同時也老實說出自己明天會搭船回日本。

陳先生沒有打斷我說話，默默聽著。等到我說完以後，他盯著我的臉，然後點點頭。

「我想你經商應該會成功。雖然這只是我的直覺，但我的感覺從來不會有錯。可是因為你會過於努力經營事業，恐怕沒辦法建立一個安穩家庭。或許這是我的偏見，不過你的父母早逝，所以你根本不了解何謂家庭，也就是在你的成長過程中根本不了解什麼是父親、什麼是母親。這樣的你和藤子對於家庭所求的應該不會相同，真是抱歉，請你繼續當藤子的朋友就好。雖然說老實話，我是希望你們根本不要再見面。」

我實在無法反駁。二十幾歲的時候，我雖然也有過和異性交往的經驗，但正如陳先生所說，無論何時我都會以工作為優先。也是因為這樣，所以我一直都沒能結婚。

「她的心情就這樣放著不管嗎？」

我為了逃避自己的痛苦而發問，陳先生輕輕搖了搖頭。

「其實通常我都會聽從她的任性。她說想上學我就讓她去了，說想工作我也讓她去，甚至連她去的是和我們一家子毫無關係的地方我也睜一隻眼閉一隻眼。但是要和異性交往的話，往後還有結婚的預定，我必須選擇符合我們陳家身分的人才行。真是非常抱歉，雖然你具備成為一個傑出商業人士的可能性，但還沒有成功到能讓我把女兒交給你。不過若是你願意入贅那又不一樣了，這樣的話你得要結清自己的公司，抱持著最後死在新加坡的覺悟回來。」

陳先生的話說完便起身，將窗邊那唱片機的唱針放下。音量適中的鋼琴奏鳴曲流瀉在房中，我深深低下頭後離開房間。

老婆就在走廊上等著，最令我驚訝的是她已經從晚餐時的洋裝換成隨時都能出門旅行的便裝。

我們手牽手離開建築物，吉米就等在外頭。他也由制服換成了輕鬆的襯衫和牛仔褲，車子不是我們來時搭的那輛高級車，而是老舊的雪佛蘭。老婆催促我上吉米的車，在我的耳邊輕聲說道。

「帶我逃走吧，我要跟你一起去日本。」

我差點驚叫出聲，卻被她以吻堵住。吉米吹了聲口哨，還刻意敲打著方向盤。

「吉米好心把自己的車開出來，畢竟要私奔還用爸的車，感覺不是很好吧？」

穿過那一片黑暗的私人道路，來到海岸線上時，天空上的月亮閃爍著白色光芒。

吉米看著月亮喃喃說了些什麼。

「吉米說『別管老爺了，月亮在祝福兩位呢』。」

回日本的路程，我還是努力買了一等客艙的船票。後來才知道陳家因為我老婆離家出走而鬧哄哄的，不過陳先生本人倒是處之泰然地說「別管她」，而沒把我們放在心上，或許他是相信女兒會回來吧。

一等客艙的旅途真的相當優雅愉快，現在回想起來我做過報答老婆的事，那恐怕是第一次也是最後一次了。由於當時以歐洲為中心，仍然有搭乘高級客船享受旅遊的文化，所以晚餐一定要穿晚禮服那種正式服裝。船上甚至有裁縫，我也是那時第一次做晚禮服。

但是到日本以後，我根本都在讓她幫忙我工作的事情，絲毫沒讓她過上夫妻般的日子。老婆的語言能力相當好，而且或許因為她是陳先生的女兒，相當了解所謂商業的本質，因此我也請她負責亞洲方面的營業整合工作。與其說我們是夫妻，其實關係更像是上司和下屬。她似乎也不討厭工作，所以我也放心地繼續交給她。

但畢竟那時我們都還年輕，所以結婚的第二年就生了長女，再下一年還生了第二個女兒。不過就連照顧孩子我也完全推給老婆，更加專注於工作上。應該說我根本是為了逃避而去工作。

我幾乎沒有和父親住在一起的記憶，也因此我根本不知道在家人面前應該要如何當一個父親，真的是完全如陳先生所看透的。

回到家裡，老婆和女兒等著我，但我完全不知道要跟她們說些什麼。結果就只能有一句沒一句地跟老婆說工作的事情，現在回想起來我應該要多問問女兒的事情才對。「今天過得如何啊？」之類的，我居然連這種事情都沒想到過。

雖然我這麼不可靠，但老婆還是沒有半句怨言，扛起家裡的同時繼續工作。可能是因為她真的很得工作要領，加上當時我家的金錢流通也還算順利，所以能夠雇用奶媽和其他幫手。真的是受到周遭人很多照顧。

「總覺得好像是高度成長期創業一族的成功故事融合青春愛情故事呢。話說回來娶了那麼能幹的另一半，怎麼還是離婚了呢？那可是熱情戀愛到私奔後結的婚不是嗎？」

阿硯一臉狐疑。

「……嗯——你這樣講我也是無話可說。該怎麼說呢？像我這種不負責任的傢伙，對方太過完美反而會讓我覺得痛苦啊。」

就這樣，我完全不顧家庭，在公司又只會丟些難題給別人，結果我在其他地方有女人的事情，很快就被老婆發現了。那應該是結婚以後八年左右吧，但老婆還是什麼都沒說。她仍然笑咪咪面對我，不管是在公司還是在家裡，這件事情讓那時候的我大感受挫。

結果在二女兒上了小學的那年，我就提出離婚。老婆其實相當抗拒這件事情，但還是在入學典禮的看板前拍下家族四人的照片後，在離婚申請書上蓋了章。

結果老婆說「公司我也要離職」，這還真是令人困擾。再怎麼說她也是亞洲關係的工作負責人，同時也是董事，底下有上百名員工呢……

在她辭去董事那天，其他老董事和員工拚命責備我。他們說：「社長你離職就好啦！」說的真是沒錯，我完全無法反駁。

那時我三十八歲，離婚對我來說還是有點痛苦，所以我原本不打算再婚的。但四十歲的時候再婚了，對方叫做蘭。藤子之後是蘭，都是花的名字。藤子比我小三歲，不過蘭小了我一輪。

畢竟和老婆關係失敗一事讓我有所懲戒，所以沒讓蘭接觸公司的工作。或許是因為這樣，員工們很自然地稱呼她「太太」。老董事和員工們的意思是說，「畢竟還是不太想叫其他人『老闆娘』呢」。哎呀我也可以理解他們想要抱怨的心情啦。

之後太太才告訴我，她在和我結婚以前，老婆有特地來見過她。

「阿正是個好人，但他對所有人都很溫柔。簡單點說，就是他面對女人就沒什麼節制。當然他很會工作、賺的也不少，但卻是最糟的丈夫和父親。這樣妳也沒問題嗎？」

聽說老婆一見到她就這樣說，但看太太還是相當堅決，她就說：「我明白了，那麼恭喜你們。」接著拿出了紅包，還是有點令人驚嚇的金額，然後又多說了幾句。

「如果遇到什麼困難的話，可以來找我商量。我們好好往來吧，我在日本沒有親戚，妳就當我的妹妹吧。」

聽了這件事情，我忍不住感嘆著她真的是比我偉大的人，一般人根本做不到這種程度吧。

順帶一提，我跟老婆離婚的時候為了分財產，所以收購了一個小型化妝品公司。那是堅持使用自然素材原材料，以女性之手打造無添加物的化妝品，然後由女性銷售。這樣的商業模式成功了，現在那間公司是日本屈指可數的環保品牌。可以看得出來，老婆身為經營者的手腕也是比我高明了許多。

為了挽回第一次的失敗，我盡可能增加自己在家庭中的時間，也因為如此，我和蘭那年生下了女兒。雖然一直都是女孩讓我覺得挺不可思議的，不過我一個惡友說：「讓女人哭泣的男人總是只生女兒。」我心裡有數，實在無法反駁。

剛開始的五年還算順利，看來將失敗的經驗活用在下一次，這種方法基本上無論何事都還是可行的。但是那時候公司上市了，國內外都開設了分店，我也越來越忙碌。因為需要接待客人或者接受招待，晚上經常去酒店……就這樣，我到了四十七歲再次離婚。

那時候老婆也來了，真的是一片混亂。她自己遇到這件事情的時候明明忍著，雖然生氣卻很冷靜，但那時不知為何相當憤怒。

我被找去公司附近飯店的休息室，一過去發現老婆穿著香奈兒套裝在那裡等我。雖然很漂亮，但是感覺她的背後有熊熊大火在燃燒，真的很可怕。在離婚以後有過好幾次，如果她聽說我或公司有不好的傳聞，就會把我叫出去說教。但那時候完全不一樣，明明休息室裡的冷氣強到幾乎令人覺得寒冷，我卻能明顯感受到背後有汗水流過。

順帶一提，第二次離婚的時候員工們倒是沒有多說什麼，不過我和老婆生的女兒卻對我冷眼以待。我沒有兄弟，老婆的兄弟也都不在日本，所以女兒們當然沒有堂表兄弟姊妹，也因為如此，老婆的女兒們和太太的女兒們平時往來就像是表姊妹一樣。

我離婚兩次以後畏畏縮縮，只能開始高歌獨身生活並且埋頭於工作當中。公司的狀況還不錯，當時也是泡沫經濟的時代，所以公司的成長速度也越來越快。但人家說好事多磨，我也因此弄壞了身體。原先還以為我就只有身體特別強健，所以那時還滿消沉的，但若我沒有生病，或許公司會因此而倒閉。

由於生病，所以我必須減少一些工作，也就從幾件投資案件當中抽手。度假村開發、高爾夫球場、國外礦山收購等等，都是投資金額相當大的案件。當時銀行融資的審核也相當寬鬆，可以借貸年營業額的好幾倍金額。冷靜想想就知道那樣實在太奇怪了，不過那時候根本沒有人在意這件事情，也沒有人想在意。

我住院的時候泡沫經濟崩毀，接下來馬上就是被稱為失落的二十年還是三十年之類的時代。我的公司沒有背負奇怪的債務，也幸好長年來一直都是以現貨買賣為主經營，員工得以不用流落街頭。甚至還因為同業其他公司倒閉或者結束營業而能接手他們的工作，讓公司反而變得更大。真的是塞翁失馬，焉知非福。

那時候在我的病房負責護士工作的人成為我第三位妻子，正好是我五十歲的時候。她的名字叫茉莉，藤子、蘭，然後是茉莉，我還真的是接二連三都跟名字是花朵的女人有緣呢。

她是從菲律賓來日本學習護理師技術的學生，由於日語還沒有說得非常好，所以患者之中英語比較好的我就成為她的病人。仔細想想這樣也是滿奇怪的……面對年輕的護士，中年後半的我因為貼心而用英語說話，這種有點奇怪的日子大概持續了半年吧。一開始是患者與護士的生硬對話，沒多久以後我們成了忘年之交，等到她日語夠好的時候我們便成了情侶。

她的年紀小了我兩輪，正巧跟老婆生的大女兒同年。我原本覺得這下子應該四個女兒都要用眼神殺死我了，沒想到她們還挺祝福我的。我想肯定是我和老婆、太太相處時，也是這樣的氣氛的關係。

第一個是老婆，第二個是太太，第三個我就用英語稱她妻子了。畢竟她出生在菲律賓，我想這樣她也好理解。

我雖然結了第三次婚，但看來還是不太適合結婚生活，在我花甲之年便第三次離婚。老婆跟太太都站在妻子那邊跟我交涉離婚的事情，我從一開始就只能舉白旗。連負責的律師都傻眼地說：「也不用這麼聽對方的話吧……」完全喪失戰鬥意志。

就算我變得身無分文，也想趕快解脫。而且那時候我就決定了，今後無論發生什麼事，都要單身到死。

「抱歉我遲到了……真對不起。」

樓梯方向忽然傳來溫柔的聲音，馬上就知道是誰了。

「哎呀，良子，妳好啊。」

看來是送了咖啡過來。

「哎呀謝啦，怎樣？要不要休息一下？」

阿硯說著。

「說的也是，嗯，稍微休息一下好了。」

我從椅子上起身，伸了個懶腰。良子將手上拿的籃子連同保溫瓶一起放在作業檯上走了過來，深深低下頭。

「阿正，實在是非常遺憾，還請您務必節哀。」

「……謝謝。」

我也站好回禮。

「要放在哪邊呢？」

聽良子這麼問，阿硯指著那略高的平臺回答。

「放在那邊吧。」

良子簡短回了句「嗯」，就把籃子放在平臺邊緣，然後從小平臺打造成抽屜的底座裡拿出了小矮桌和坐墊。

「我來幫忙吧。」

阿硯接過小矮桌，打開原本摺疊的桌腳放在小平臺上，看他們兩個人動作配合起來如此順暢，總覺得讓人的心都平靜下來。

良子排好坐墊，從籃子裡拿出潔白的桌巾鋪在小矮桌上。放下咖啡杯組、小碟子和叉子以後，又擺好砂糖壺、牛奶罐以及放滿紙巾的架子。最後在小碟子上擺了溼手巾。這樣一來就成了「托腮」完整的外送套組。

良子將籃子和保溫瓶移動到下座的坐墊附近，就從小平臺上下來了。

「籃子裡有店長招待，請我送來的東西。他說『反正阿正一定什麼都沒吃，光是喝酒吧』。那我去樓下顧店，阿硯你要好好幫忙阿正喔。」

「嗯，謝謝妳。」

阿硯輕聲回應。我也重新站好向良子低下頭。

「謝謝妳，那我就不客氣了。也請幫我跟店長打個招呼。」

「對了，這陣子或許比較困難，不過等您心情安穩了以後，也請來趟店裡吧。」

「嗯，我會過去的。不過其實我常跟店長在湯島見到面啦。」

我比劃了個用球桿撞球的姿勢，湯島那裡有個我常去的撞球場。

「好像是呢，每次天氣不好所以客人不多的時候，他就會說什麼『我出門一下』，結果大半天都不回來。我就想說他大概是去打撞球了吧，果然是啊。」

良子又說了句「那就這樣囉」便下去一樓。

良子的身影消失在樓梯彼端以後，我坐在那小平臺上解開鞋帶，坐到榻榻米上，忽然不再那麼緊張，鬆了口氣。

「我今天是客人，不好意思就坐在上座囉。」

我先聲奪人往裡頭的坐墊一屁股坐下，接著阿硯也上來坐下。

「話說回來阿硯啊，你要放著良子不管到何時？」

我先前就很在意了，所以乾脆點開口問。大概是這問題太過突如其來，阿硯一時語塞。

「……說什麼放著不管，良子只是我的青梅竹馬啊。」

「喔？是無所謂啦。那麼好的小姐，到處都有人想要約她呢，聽老闆說一直都有人問他女兒有沒有要結婚的意思喔。搞不好你一回神，她就不知道已經被誰搶走了呢。」

雖然想著這樣可能嚴厲了點，但我還是把話說出口。

「喔……」

阿硯含糊其辭的同時從籃子裡拿出了蛋糕盒，打開來讓我看了看。裡頭放著一個閃電泡芙和一個奶油泡芙，還有兩個用烤箱慢慢烤出來、口感實在的布丁。

「哎呀，看起來真好吃。」

忍不住感嘆著，老闆的貼心真讓人心暖。

「阿正要吃閃電泡芙吧？還是難得要吃個奶油泡芙？」

「這個嘛，奶油泡芙看起來也很棒，但我今天還是吃閃電泡芙吧。」

猛然想起話題就這樣被帶開了。

「話又說回來，你的對象如果是良子的話，我也會覺得很安心啊，感覺上就能和你這偶爾少根筋的個性互補。哎呀，你可能覺得我多管閒事啦，不過我覺得你還是好好想想吧。」

「……喔。」

阿硯仍然語氣模糊地回話，把放著閃電泡芙的盤子遞給我。

「那麼我就不客氣了。」

說著我就用手抓起閃電泡芙大口咬下，然後喝下一口剛倒進杯裡的黑咖啡。

「……真好吃。」

阿硯輕輕點點頭，和我一樣用手抓起了泡芙享用。接著我們兩人默默地吃著點心配咖啡好一會兒。阿硯就只是靜靜地、不發一語地陪我，真的非常感謝。

閃電泡芙和咖啡讓我稍微打起了點精神，猛然想起一件事情。話語就這樣下意識地從嘴裡吐出。

「……總覺得剛才我還真是講了一大堆亂七八糟的事情……」

用溼手巾擦了擦手上的髒汙，我重新坐直面對阿硯。

「悼詞是不是用一般大家通用的內容就好啊？」

阿硯有些驚訝地盯著我瞧。

「……總覺得寫一篇很有感情的文章之類的，好像挺丟臉的。畢竟是在太太、妻子還有女兒們面前，總覺得有點怪怪的。雖然剛剛都讓你陪我這麼久了，實在很不好意思。」

「不，我倒是沒什麼關係。不過這樣好嗎？普通的？」

我簡短回答了聲「嗯」，但這聲音真是虛弱到連我自己都相當驚訝。

阿硯的表情看來有些困擾，然後說著「請等一下」就走向作業檯拿了電腦回來。

「呃——一般的話通常是什麼『某某先生小姐，您已離開我的身邊……』這樣的開頭。」

他說著邊讓我看了幾個範例。

我們花了一些時間找了好幾個網站來回看了幾篇範例文章，選出了兩篇不會太過死板又不會太隨興，準備請人適當綜合一下寫成一篇。

「這樣真的好嗎？就這樣簡單的一篇。要不要再多調整一些？我覺得在新加坡相遇的事情很浪漫、很棒啊。」

「不不……總覺得那樣我實在沒辦法看著老婆的遺照念啊。總之請對方漢字要附上讀音，還有字要大一點，畢竟我沒戴眼鏡的話實在看不見小字，又不好在麥克風面前拿著老花眼鏡推上推下的。」

我硬是擠出了一個笑容，但剛才我一直繃著臉，或許這樣反而令人感覺詭異。

「我明白了。那麼我會找本店往來已久的代筆業者，叫做土筆會的人來寫。對方先前也接過幾次您的委託，我想他們應該能夠調整一下時程，找到幫您寫原稿的人。對方也是能夠貼心為客人調整時程的，還請放心。」

「拜託了，請對方要用工整的楷書寫喔。」

以前我還在工作的時候，有段時間曾經接任過業界團體的會長，儀式當天才拿給我的祝辭字跡實在太潦草，光是要讀出來都很困難。難讀的漢字旁邊沒有標音，我念得結結巴巴真是丟臉死了。就連平常能夠輕鬆閱讀的漢字也因為在一大群人面前面對麥克風講話而緊張到腦袋一片空白，沒體驗過的人恐怕不會懂的吧。

「我明白了。」

我從上衣內袋拿出了錢包。

「要是一片混亂結果忘了付錢可就糟了，我還是先付吧。」

阿硯似乎在思索著什麼，又馬上搖著頭說：「不不，沒關係。這點程度的文字數量不是多大的金額，您下次光臨的時候再一起計算就好了。」

「是嗎？真不好意思。」

「是的，您不用擔心。噢當然土筆會那邊我會先支付給他們，還請您安心。雖然我想這是您最擔心的事情，不過這點小錢四寶堂還能先代付的。」

「……你記得啊。」

在我的公司還小的時候，常因為資金周轉有問題而相當痛苦，所以我自己在付錢的時候總是盡可能早點給對方現金。連我這點小堅持都能清楚記得，阿硯這個人還挺可靠的。

「那就不好意思，麻煩你了。」

「好的，沒有問題。明天我也會過去參拜，東西也會直接拿過去會場。是十點開始對吧？我會在九點半之前到。」

「不、不，你差不多時間到就可以了。以剛才看到的例文來說，我應該也不太需要預習吧。讓你太早來也不好，大概九點五十五分就可以了。」

「我明白了。」

我喝乾剩下的咖啡，套上鞋子。

「您該不會要去喝酒吧？」

阿硯從背後叫住我。

「嗯——這個嘛，啊對了，說起來那件事情真是太好了，阿文媽媽那邊那個誰？對了是百合吧。」

忽然想起前些日子，阿硯急匆匆打電話給我，說什麼想聯絡「阿文酒店」的老闆媽媽桑。

「啊！是的。」

阿硯也穿好鞋子，挺直背脊低下了頭。

「託您的福，那邊的事情似乎已經處理好了。非常謝謝您。」

「沒想到我上酒店還能幫上別人的忙，還真是任何事情都不能小看呢。」

「也是啦……」

看見阿硯一臉擔心，我忍不住爆笑出聲。

「沒事啦，我今天會直接回家，打算洗個澡早點睡覺。」

「還請您務必這麼做。對了，雖然這樣手上會多東西，但請把布丁帶走。反正您家裡應該也只放了酒和茶吧。」

阿硯重新包好蛋糕盒，放進紙袋裡遞給我。

「盒子裡有湯匙，收到冰箱之前先把保冷劑拿起來喔。」

「哎呀謝啦，『托腮』的布丁跟白蘭地很對味呢。」

「是啊，但您今晚不能喝太多唷。畢竟明天有重要工作呢。」

聽了阿硯的話，我老實點點頭，早早踏上回家路途。

洗完澡以後吃著布丁搭配一些白蘭地，總之我還是爬上了床舖，明明應該很累卻睜著眼睛怎樣都睡不著。

一直到過了十二點，乾脆隨興放起了老唱片，愣愣望著窗外。我這位於三樓的房間，能清楚看到過路人的樣貌。

有牽著手、張嘴大笑走過去的年輕情侶，也有不知為何雖然肩並肩卻一臉嚴肅走過的男女。我嘆了口氣，拉上窗簾回頭看看房間。

沒有半張畫、甚至沒有半朵花而毫無情趣的房間裡，低聲流瀉著比爾・艾文斯的鋼琴樂聲。猛然看見書架上有一張立著的風景明信片，那是剛和老婆結婚沒多久時在鎌倉拍的，搬到這個房間的時候偶然翻了出來，我覺得相當懷念所以就放著當裝飾品。

「欸，請人家幫我們拍個照片嘛。」

那時候許多觀光景點都有路邊的照相館，會幫忙拍照、沖洗然後印刷出來，最後郵寄到你指定的地方去。

「照片自己拍就好啦，可以用倒數計時的功能。」

聽我這麼說，老婆搖了搖頭。

「哎唷不要啦，你仔細看看這間的看板，他們說可以做成明信片耶。我完全沒有跟任何朋友，還有其他照顧我的人說一聲就這樣跑出來了呢，想說至少寄張結婚報告的明信片吧。」

所以就做了這張明信片。

照片上老婆穿著有潔白領子的圓點圖樣洋裝，我則穿著麻質三件式西裝，手上拿著平頂草帽。這張照片明明是黑白的，我卻能清楚回想起那洋裝的顏色是多麼鮮豔的藍色。我想不起總共印了幾張，但現在手邊只剩下這一張，我就抱在胸前躺上了床。

「久等了。」

阿硯在九點五十分出現在會場，一看見我就從紙袋裡拿出悼詞遞給我。

「真抱歉，給你添麻煩了。」

我將收下的悼詞放進內袋裡，低下了頭。

「沒那回事。那麼稍後見。」

阿硯搖著頭同時匆匆忙忙地就躲去了後面的座位。平常他應該會多說幾句的啊，有點怪怪的呢。

等到僧侶誦經結束就是悼詞段落了，我扣好上衣鈕釦並且端坐。

「接下來獻上悼詞。關於悼詞的部分由於故人強烈希望，因此由她的老友湊川正太郎先生來發表。湊川先生，麻煩了。」

聽見葬儀社負責司儀的員工如此說著，我走向設置在祭壇正面的直立式麥克風。中途向代表家族的女兒們以及前來參拜的人點頭致意。雖然女兒說是個小葬禮，但參加者卻超過了兩百人。明明已經從業界退休超過十年了，這令我再次感受到老婆的人望有多深厚。

我站在麥克風前，正面對著老婆的遺照。明明走進會場來已經看了好幾次，正經八百站在這裡還是令人緊張。

打開阿硯幫我準備的悼詞封緘，取出裡面細心摺好的紙張。將包裝收到口袋裡後，面對麥克風開口。

「悼詞……」

接下來我卻什麼都說不出口。

那張紙上什麼也沒寫，只貼了一張比較大的便條紙。

給阿正

對不起。我還是覺得尋常規格的悼詞根本不像阿正，我想老闆娘也不會接受的。還請用您自己的話語道別。

硯

「……中計了。」

自己到底說了些什麼，我記得的內容只到這句。不過倒是清楚記得自己說到一半就眼淚停不下來。

阿硯上過香以後從我身旁走過，只有一秒靠近我的耳邊輕聲說了句「對不起」以後就回到後方的座位。說老實話，我真的是很想抱怨個一兩句，但實在是哭到說不出話來。

「那麼準備要出棺了。接下來希望由各位獻花給故人，工作人員會將東西交給各位，還請務必幫忙。」

鮮花業者的員工們在聽見司儀的指示以後，開始將獻花剪短，交給參拜者們。原先百花齊放的祭壇瞬間變得相當寂寥，而棺材中的老婆則被花朵包圍，只露出臉龐。

「欸，爸，你可以過來一下嗎？」

眼睛哭到紅腫的女兒拉著我的袖子，手上拿著可能是裝了零食的鐵盒。

「悼詞真的很好。我好像是第一次聽說爸對媽的心情，而且能知道我們出生前你們之間發生的事情，我真的很高興。居然是私奔……想到你們是經歷轟轟烈烈的戀愛才能在一起，然後生下我們，我就覺得眼淚停不下來。」

「……這樣啊。」

總覺得應該還能說些什麼吧，我卻半個字也想不出來。

「我一直以為，爸你比較喜歡阿蘭或者茉莉，其實沒怎麼喜歡媽。但並不是這樣對吧？我現在知道你原本是真的喜歡媽的，我覺得好高興喔。謝謝你。」

「喔，這樣啊。」

「對了，我想讓你看看這個。」

女兒將手上的鐵盒拿到臉的高度。

「你知道媽被送到醫院之後，一穩定下來就拜託我做的事情是什麼嗎？」

「……嗯，是什麼？」

「說要我把這個鐵盒拿去給她。收在媽房間衣櫥最後面的地方，要拿出來真的是累死了，但拿去給她之後，她真的看起來好高興……說老實話我還有點生氣呢。因為她看到這個老鐵盒高興的樣子，比看到我們送的花還興奮。」

我盯著那鐵盒看，實在對這東西沒有印象。

「所以我就問啦，『那鐵盒是什麼啊？要找出來又拿來真的是累死了，至少告訴我裡面是什麼吧』。結果她明明因為身體狀況很差、臉色很蒼白的，忽然就變得滿臉通紅……然後說『要保密喔，不要告訴任何人』，之後讓我看了鐵盒裡面。她說『這是我的寶物』呢。」

我還是沒有任何頭緒。

「打開來看看啊。」

女兒說著便把鐵盒遞給我。看起來是很古老的東西了，有不少凹陷處、圖案都模糊了，還有許多細小的傷痕。

一打開來，最上面是我們在鎌倉拍照做成的明信片，下面則是我寄給她的風景明信片……

有從我回日本途中在胡志明、澳門、香港寄出的，有橫濱港、大阪城、京都金閣寺以及八阪神社的舞妓，北海道有時鐘樓以及克拉克博士銅像，博多還有鳴門漩渦，長崎的中華街和哥拉巴園，再加上奈良大佛、神戶夜景、皇居二重橋跟東京車站……全部都是我寄給老婆的風景明信片。

「這些是結婚前，爸從日本寄去給在新加坡的媽的風景明信片吧？你記得自己寄了幾張嗎？」

我沉默著搖搖頭。

「好像總共有九十九張喔，然後加上向大家報告結婚的那張在鎌倉拍的照片做成的明信片就剛好一百張。這就是媽的寶物喔。」

女兒搖著我的肩膀。

「欸，把這個放在媽的胸前吧，爸你去放。我想她一定很想把這些帶到另一個世界。」

我感受到其他人都以相當溫暖的眼光看著我們，我默默點個頭走近棺材。

老婆的臉龐看來如此安穩，就像我第一次在飯店賣店遇到她時一樣美麗。我顫抖著手將明信片一張張、好好地放在她的胸前。雖然不時落下眼淚，但當初為了跨越遙遠海面也不會暈開而使用油性原子筆書寫的文字，相當有活力地彈開了淚水。

我最後才放下鎌倉拍的那張，用兩手輕輕放上。或許是因為淚水而眼前一片模糊，老婆看起來像是在微笑。

「哎呀，要維持這樣到何時啊？」

「是啊，會感冒喔。」

背後傳來蘭和茉莉的聲音，回過神才發現我呆立在火葬場的爐子前面。

「不會啦，妳們就別管我了。」

我不高興地回著。

「說什麼傻話，你已經流掉一輩子的眼淚了吧？聲音都啞了，根本聽不清楚你在說什麼呢。」

蘭也傻眼般地回嘴。

「總覺得聽到一半我就覺得好嫉妒、好嫉妒喔。雖然這樣對藤子真的很不好意思，但我可是連一張明信片都沒收過呢，好羨慕喔。欸，下次你出門去的時候也寄張明信片給我嘛。」

茉莉說著就用自己的小指勾起我的小指，自己拉著我做起了勾小指約定。

「是啊，我也沒有收過呢。不過我覺得悼詞比明信片更好。前夫大哭著說悼詞，哎呀，不覺得真的是很令人心動嗎？欸，你也在我的葬禮上念悼詞吧，要是你先死了的話，我可不會原諒你喔。」

蘭說著還捏了捏我的臉。

「欸，幹嘛捏我啊。」

「閉嘴啦！這是幫藤子捏的，真是的，你這大笨蛋！」
「沒錯！阿蘭做得好！」
蘭和茉莉說著便一起抱住我。
「藤子！妳為什麼不在啊？我好想見藤子啊。」
蘭說著便和茉莉一起嗚咽了起來。
我也不知道就這樣輕撫著她們兩人的背多久。
「冷靜點了嗎？」
兩人聽我這麼說，點了點頭。
「哎呀，痛快多了。」
聽蘭這麼說，茉莉也點點頭，然後忽然笑了出來。
「阿蘭，妳的妝全都花啦。」
「說什麼話，妳的臉還不是很慘。」
兩人指著彼此的臉捧腹大笑，我也跟著笑了出來，我想正走在往天國路上的老婆一定也笑了。
「好啦，我們去準備室吧。要是睡在這麼冷的地方，藤子肯定要不開心地瞪著我們了。」

「沒錯、沒錯！好啦，你振作點。」
蘭和茉莉從兩邊扶著我，我們一起走向了準備室。

在聖誕節前幾天，銀座的老文具店「四寶堂」收到了一封掛號。
「聖誕快樂！」
中年郵差笑著遞出了掛號。
「好的、好的，聖誕快樂。您還兼任聖誕老公公呢。」
四寶堂店主寶田硯笑著收下了掛號。
「反正馬上就要過年了，下次見面我得舞著舞獅了呢。」
郵差邊開玩笑邊匆忙離開店家。硯看見寄件人的名字以後，一臉狐疑地拿出剪刀拆開信件。裡面放了一封裝在信封裡的信件，還有裝著類似禮券的物品，封面上印著「GIFT」字樣的票夾。
打開信封，裡頭是張寫著工整文字的信件。

前略

阿硯，先前真是受你照顧了。打開悼詞的時候我還想著「中計了！」，不過結果還不錯，所以就原諒你吧。

完全是即興講稿，所以我想內容一定亂七八糟，不過我也因此能好好和老婆告別。除了女兒以外還有好幾位參拜者來誇我說：「太好了。我也忍不住一起哭了。」說老實話，那種想到什麼說什麼的內容受到誇獎，我也是挺困擾的。

但這一切都是託你的福，實在非常感謝。

送個禮物同時包含我感謝和報復的心態，還請笑納並好好使用。

我結了三次婚，也離了三次婚，但結婚還是很好的。我覺得你應該也要體驗一次。

對了，當然應該要體驗的是結婚就好，離婚最好不要。

年底年初應該相當忙碌，不過等到年節過後安穩些，還請務必和良子一起出去走走。如果需要人幫四寶堂顧店的話，我可以幫忙。這樣說有點不好意思，不過我自認比你會做生意喔。當然如果銷售額下滑的話，我會賠償的。

總之，不要覺得重要的人會一直在自己身邊比較好喔。我相當有自信可以這麼對你說。

如果不好好擁抱你重要的人，對方是會離開的。

同樣的，如果受到重要的人拜託，也請好好回應對方。不可以跟我一樣逃走。這可是相同的事情失敗三次的我的建言，不會有錯的。

近日季節多變化，還請小心流感、多多保重自己的身體。再會。

敬上

票夾裡面是十萬日圓的住宿券和寫著「阿正嚴選！關東近郊推薦住宿」，怎麼看都是手寫的傳單。

硯輕聲笑了出來，又搖了搖頭。

「阿正實在很多管閒事呢……但真的是太感謝了。」

正自言自語的同時，「托腮」的看板女孩良子走了進來。

「阿硯，阿正寄了這個給我……」

良子的手上拿著和硯剛才收下的信件及票夾相當類似的東西，硯指著票夾問道。

「裡面是什麼？」

「這個嗎？十萬日圓的旅行券。說可以用在飛機、船、火車、巴士，連計程車都能用。」

硯側著頭思考了一會兒，然後稍稍浮現了笑容。

「我收到了這個，一樣是十萬日圓的住宿券。」

「咦！哎呀，真的耶。」

良子從硯手上拿過票夾，看了好一會兒。

「欸，真的可以收下這個嗎？」

「嗯，欸……難得嘛。」

聽見硯如此回答，良子綻開笑容拿出了手機。

「欸，要去哪裡？話說店面可以休息嗎？」

位於東京銀座一角的文具店「四寶堂」，店主打算和他的青梅竹馬稍稍縮短那有些尷尬的距離，店裡滿是和藹看照著兩人的溫暖人們的愛。

〈便條本〉

「烹調工具全部都放好了，工程本身已經結束。下午會有專業的清潔業者過來，做最後一次細節檢查，明天早上依照預定交給您。」

現場監工說著。

「做了很多無理要求，實在相當抱歉。」我低下頭。

「哎呀，真的是很辛苦呢。」監工笑著說：「不過也讓人覺得你很認真在監督我們工作呢。雖然很辛苦，不過也挺開心的。這個工程結束還真是讓人有點寂寞啊。」

雖然是只有吧檯八個座位的小店，但這對我來說是第一座「自己的城堡」，所以在各種細節方面都忍不住想堅持自己的想法。但因為也沒有人贊助我，所以工頭要在有限的資金中做那麼多事情，想來是真的很辛苦。硬是勉強他們做了這麼多，實在是相當抱歉。每次我過來露臉一定都會帶點心和飲料，但根本不及他們幫我做的東西。順利開店以後，我得招待他們來一次才行。

委託人一直待在工地只會妨礙工作，因此我點頭致意後離去，工頭稍微揮了揮手回應。

來到大馬路上，時間已過下午兩點。有做午餐生意的店家也已拉下門簾等待傍晚再開店，因此這個時間路上行人並不多。我從口袋裡拿出 RHODIA 的便條本，掃過一眼寫在上面的筆記。開店準備也到了最後階段，該處理的事情幾乎都做完了。我把已經結束的事情用一條線劃掉，只剩下一件事情。

我確認了一眼後，闔上 RHODIA 收進口袋裡。拿出手機，按下最近已經撥過許多次的電話號碼。

「您好，這裡是四寶堂。」

電話響了三次以後，店主寶田先生接了起來。

「您好，我是委託代筆案件的札。」

「哎呀札先生您好，承蒙照顧了。」

寶田先生聽來似乎有點驚訝。

「抱歉，雖然比預定的時間早了些，不過我現在過去的話方便嗎？」

「當然，沒有問題。東西剛才已經來了，馬上可以讓您確認。」

聽見這回答我也鬆了口氣，快步走向柳樹旁的道路，急急往門前矗立的圓形郵筒已成路標的老文具店「四寶堂」走去。

「灣野辰雄先生……這些就是您交給我們的名冊上的所有人。」

坐在我右邊的寶田先生說著遞給我最後一個信封，我對照了一下名冊，確認地址和姓名沒有錯誤。

「好的，確認過了，沒有問題。」

我說著便將信封遞給坐在我左方的女性，信封裡已經裝好了問候卡和店面指引。女性相當順手地在信封口塗上糨糊，蓋下壽字圖案做成的封緘。接下來又翻回正面，小心貼上祝賀用的郵票。整個過程大概花不到十秒鐘吧。

「辛苦了。」

在我開口以前，寶田先生就起身對我說。

「不，兩位才是。明明都委託專家了，還特地讓我自己確認……除了字跡美麗以外，完全沒有錯誤，而且也沒有浪費掉的東西。哎呀，真是太棒了，我真的很佩服。」

這是我的真心話。先前工作的店家開分店的時候，我也曾經處理開店通知，但一百封信裡面大概就會有一兩封錯誤，還會有幾張寫錯要作廢掉的。感覺出錯是理所當然，所以我才會拜託四寶堂要讓我看過，結果根本是杞人憂天。

這次獨立開店的時候，有一位看上我能力的媒體作家表示要當我的總企劃人，而他介紹給我的就是這間名為「四寶堂」的老文具店，據說創業是在天保五年的時候。

天保五年是西元一八三四年，查了一下，發現時期上和那據說是握壽司發明家華屋與兵衛開店的一八二四年相當接近。

原先想著不知道是怎麼樣的老人家在經營店面而緊張萬分前來，沒想到對方這麼年輕反而讓我愣住。外觀上推測起來應該是三十來歲吧，順帶一提，他的名字叫寶田硯，一般看到硯這個字都會採用訓讀的「Suzuri」，不過他的名字是音讀的「Ken」。

剛開始還感覺很不可靠，不過他非常認真應對我要商量的事情，覺得困難也會老實說「這很困難」，在金額和交期評估上也相當真誠。這個店面是在昭和七年蓋的，聽說地下室還有放活版印刷機，不過對於我要下訂的開店通知書，他也老實說：「本店沒有辦法。不過還請您安心，我認識相當高明的印刷專家。」然後收下我的訂單，另外也幫我安排了代筆業者。

坐在我左邊的女性也站起身來，向我行了個漂亮的禮。

「您正準備開店如此忙碌，還願意親自驗收，真的十分感謝。」

這位就是這次接下代筆工作的土筆會負責人白川菊子小姐。相當俐落的短髮已經全白，映襯出那應該是墨染風格的無領襯衫。下半身搭配黑色長褲與低跟鞋，與其說是代筆公司的老闆，看起來更帶著一股設計師或者畫家的氣息。實際上據說她也是一名書法家和篆刻家。

「總覺得好像是懷疑各位的工作，真是抱歉。以後就不用這樣驗收了。」

我也起身向白川小姐低頭致意。

「沒有那回事，原本我就覺得應該要驗收的。再怎麼說，委託我們的人都是一輩子也不過就用那麼幾次而已。當然我們也確認過了好幾次，但這種事情沒有絕對，所以交貨的時候若能夠驗收的話是再感激不過了。」

白川小姐如此回應並笑著繼續說下去。

「而且實在相當感謝您的委託。回去以後我會和每個與這工作有關的人說『札先生表示相當感謝』，我想大家一定都會很高興的。」

寶田先生聽著我和白川小姐的對話，用力點了點頭。

「士筆會的人總是將工作做得相當完美，我老想著各位究竟是如何維持這樣的動力呢。再怎麼說感覺就好像各位當然會完成，沒有錯也理所當然一樣……」

寶田先生說著又補了句：「我去準備茶水，兩位這邊請。」

我們所在的店面二樓，平常似乎會出借給版畫或者剪紙工藝等活動做為教室使用，但今天是給我使用的。說起來其實今天是店家的公休日，但因為「比較能夠安穩作業」才特別為我開門。

二樓是木地板，正中間有六張作業檯排列成口字型。我們在其中一隅驗貨，不過面對窗戶的右手邊有個四張半榻榻米大的小平臺，上頭擺了小矮桌和三個坐墊。

「哎呀，是兔堂的銅鑼燒。」

白川小姐的聲音忽然高了八度，她在工作時的氛圍雖然相當俐落，私底下的落差倒讓人覺得非常可愛。真希望自己年歲增長時也能給人如此舒服的感覺。

「我剛好到那附近，運氣好就買到了。」

寶田先生一邊回應著白川小姐，同時將水壺裡的熱水倒進湯冷和茶碗[3]當中。

兔堂是位於日本橋的老和果子店，他們對於材料有一定的堅持，手工也相當細心，是很有名的店家。一方面維持傳統，製作能夠在茶會上使用的正統和果子，另一方面也會製作大家都能輕鬆入口的銅鑼燒和大福等點心。口味上都不會過於甜膩、口感柔和，相當受歡迎。尤其是在麵團正中間印上跳躍兔子可愛圖案的銅鑼燒，通常都在早上就賣完了。我先前也沒吃過幾次。

「其實兔堂老闆是我國小和國中的同學，不過因為實在太受歡迎了，要我靠著朋友身分就拜託對方幫我留東西實在是不好意思，所以我也很久沒吃了。」

「是啊，週末可是開店前就有人在排隊呢。二樓可以坐下來的內用區也都坐滿了人，啊，現在應該算是咖啡廳了嗎？」

寶田先生點點頭泡起了茶，將銅鑼燒放在懷紙上分給我們。

「他們重新改建了那棟大樓，應該是跟我們做耐震加強工程同一個時期，所以大概是五年前左右吧。本來只有三張桌子，現在那邊二樓應該總共可以坐三十個人吧。不過身為經營者，我真的是完全比不過對方呢。」

茶和點心都擺在我們面前以後，白川小姐雙手合十說著「我開動了」，所以我也跟著這麼說。

拿起蓋子，茶碗裡便飄出綠茶的甘甜香氣，稍微含了一口在嘴裡，芬芳的氣息立刻進入鼻腔。

「真好喝……」

我忍不住就這樣說出口。寶田先生鬆了口氣似的吐氣。

「太好了，我一邊泡茶一邊想著要是失敗了怎麼辦。畢竟眼前的札先生可是一流的壽司師傅啊。您店裡應該也會上茶，而且想必味覺相當敏銳。我還正後悔著應該要拿咖啡或者紅茶來蒙混過關才對呢。」

3. 日本茶中的玉露沖泡溫度較低，因此會將熱水先倒進另一個容器當中稍微放涼些，此容器即為湯冷。倒進茶碗則是為了溫杯。

「原來如此。不過拿到了好吃的銅鑼燒，還是只能配茶了啊，是吧。」
白川小姐開心地應著。
「就是這樣！不過真是太好了。」
「真是抱歉還讓您費了這麼多工夫。但其實我沒有多懂茶呢，當然我是約略知道一些搭配食物的東西啦。不過壽司店畢竟還是用熱水直接泡粉末茶，所以不會使用您現在泡的這種高級品。」
白川小姐咬著銅鑼燒邊問起了：「對耶，我好像看過電視上說什麼熱騰騰的粉末茶，反而才能沖去魚類油脂之類的，真的是這樣嗎？」
我也在咬下銅鑼燒之後回應。
「是的，我們會用非常高溫的熱水沖開茶壺裡面的粉末茶，這樣一來就會變成茶胺酸這種鮮味成分比較少的茶。」
「茶胺酸？」
白川小姐和寶田先生異口同聲問著，三人不禁看了看彼此。我今天是第一次見到白川小姐，先前雖然也因為討論事情而見過幾次寶田先生，但也不過是這幾個月的事情，卻覺得氣氛相當舒服。看來雖然只有一起工作幾小時，但還是有種心靈相通的氣氛，更何況他們兩人是文具和代筆這類領域的專家。

「茶胺酸是胺基酸的一種，玉露或者品質良好的煎茶當中會含有大量茶胺酸，是甘甜味強的鮮味成分。」

「鮮味成分應該不是什麼問題啊？」

白川小姐很快吃完銅鑼燒，問著相當單純的問題。

「是啊，一般會這麼想，但就是鮮味很礙事。畢竟在壽司店會想喝茶，通常都是為了去除口中的味道。當然就算是茶胺酸很多的玉露或者煎茶，應該也能夠消除魚肉的氣味和味道，不過又會留下回甘味強烈的鮮味，這樣反而很困擾。」

「哇——」

我不禁想著兩個人都很會聆聽呢，將來站在廚房的只有我一個人，也得要更會聆聽他人說話才行，邊這麼想的同時將剩下的銅鑼燒送進嘴裡。話說回來，這個銅鑼燒的麵皮與內餡比例實在絕妙，有著相當飽滿的口味卻又清爽，能夠讓人滿足卻也沒有負擔。

「茶也很好喝，不過這銅鑼燒真的很棒，也難怪會這麼受歡迎了。這和一般的銅鑼燒不一樣，麵皮的細緻程度在口味和口感上，都取得了日式點心和西式點心的平衡。」

寶田先生拿著茶杯重重點點頭。

「實際上好像確實有採用西式點心的材料和手法。剛才我有提到，兔堂的店主是我自小的朋友。他在高中二年級的夏天忽然就自己宣告『我不去上大學』，然後開始拚命學英文、法文、義大利文那些外文。說是高中畢業他就要去走遍世界，品嘗這個世界上所有好吃的東西，也就是去餐飲留學。」

「哇，高中就能下這樣的決定，真是厲害的孩子。」

白川小姐感嘆著，我也有這樣的感受。十幾歲的我只能有一天過一天。

「以前的兔堂是專門做傳統和果子的店家。除了茶會上用的點心以外，也靠送禮的羊羹和甘納豆這些東西維持不錯的營業額，經營得相當好，不過他說那樣做根本沒有未來。所以下定決心『吃遍世界上所有好吃的東西、學習他們的手法，用我自己的手讓兔堂變成一間能行遍世界的店家』。而且他說到做到，我覺得真的很厲害。」

寶田先生說實際上兔堂已經在巴黎開了兩間分店，紐約和倫敦也各有一間分店，都是派遣已經在本店修業完成的師傅過去，在口味上絲毫不妥協，加上近年來的日式食物風潮，所以各店生意相當興隆。

「對了，札先生您也曾去過國外吧？我有拜讀了雜誌訪談。」

「我也看了，那篇〈異色壽司師傅　札銀〉，照片非常帥氣呢。不過具體上來說並沒有詳細寫出是在哪裡磨練技藝的。」

我差點就把嘴裡的茶給噴出來，這就是所謂的冷汗直流嗎？那位要求擔任我企劃人的媒體作家向各處媒體宣傳我的事情，所以我的確接受了幾間雜誌社採訪。

「別說了，我並不是兔堂店主那樣因為有宏偉的眼光，所以才去餐飲留學的程度。正確來說其實是去流浪啦，所以實在沒有什麼好說的。」

我搔著頭回答。

「哎呀，糟糕。雖然這樣好像我吃了霸王餐，但我差不多該走了呢。」

白川小姐瞄了一眼手錶後站起身。

「非常謝謝您。我想之後可能還會有需要您幫忙的部分，今後也請多多指教。」

我推開了坐墊，在榻榻米上正坐低頭。

「請不要這樣，接到您的工作委託實在非常榮幸。對了阿硯，那麼信封我就拿走囉。」

跟著她下了榻榻米的寶田先生將作業檯上剩下的幾個信封一起收進手提紙袋裡，交給了白川小姐。由於信件數量相當多，寶田先生建議東西不要丟進郵筒，直接拿去郵局會比較好，而白川小姐說她可以幫忙。

「真是抱歉，那就麻煩您了。」

寶田先生低下了頭。

「說什麼話，我回辦公室順路而已啊。那就再會囉。」

白川小姐說了聲「先走了！」便消失在樓梯下，離去的樣子完全符合「颯爽」這種表現方式。

我目送白川小姐離去後，從口袋裡拿出RHODIA，看著備忘紀錄，然後拿出原子筆將唯一剩下的「開店通知」文字畫一條線刪除。然而下面那行寫在括弧裡的文字依然存在。

「是RHODIA的12號啊。」

雖然對方是老文具的店主因此理所當然，不過他只看封面就連型號都說對了。

「是啊，這個大小就算站著也能輕鬆寫筆記，封面又有防水加工，就算手溼溼的也可以安心拿起來。而且相當好寫、撕開線的加工也很好，非常好撕。」

「本店也有販售，法國料理、義大利料理的廚師還有侍酒師都會購買。」

「畢竟這可是法國開發的筆記紙呢。」

我看了一眼RHODIA，小小嘆了口氣。沒能刪掉的括弧裡寫的是「要發通知給老大」。

「您怎麼了？」

我慌張地想含糊帶過，但不知為何看著寶田先生的臉，就這樣把話給說出口。

「呃，沒什麼啦。畢竟通知已經送出去了，大部分事情都處理好了，之後應該只要集中精神處理烹調的內容和食材前置準備就好，不過有件事情始終沒做……我還在迷惘著到底該怎麼辦才好。」

寶田先生輕輕點點頭，默默等著我說下去。不禁覺得有時像這樣不多嘴只是默默等待也是很好的呢。

「其實有個我不知道該不該寄開店通知給他的人。」

寶田先生一直保持沉默，只用眼神催促著我說下去。我用原子筆在括弧裡的文字周遭畫起了圓圈。

「我想您也知道，這把年紀了才有自己的店家，以師傅來說算是相當晚才出道的了。」

寶田先生輕輕搖著頭。

「札先生，我認為無論什麼事情，在人生中都不會是太晚。因此還請您不要說自己是什麼晚年出道，拜託您了。」

溫柔的言語總能溫暖人心，我老實地點點頭，所以決定再跟寶田先生下另一個訂單。

「我明白了，那麼我要再拜託您一件事情。」

「……？什麼事呢？」

寶田先生有些驚訝，但還是挺直了背脊。

「請不要如此拘謹，可以不要再叫我『札先生』了嗎？總覺得很不習慣……而且這姓氏實在不好念吧，所以叫我的名字就好了。可以叫我『銀先生』或者『阿銀』，到我店裡的客人還有市場的人，大家都是這麼叫我的。」

寶田先生大大吐了口氣，一臉安下心來地笑開。

「太好了，不是什麼很嚴重的事情……那麼承蒙您都這麼說了，我就喊您『銀先生』囉。畢竟要我喊客人喊得太過親密實在是有些過意不去……喔，不過也是有個例外的客人吧，那一位因為是我打從上小學前就一直喊他『阿正』，所以也沒辦法。不過相對的還請銀先生也喊我『阿硯』，這是交換條件，拜託您了。」

「我知道啦，阿硯。」

「這樣才對嘛，銀先生。」

我們兩人相視而笑。

「那麼你困擾的事情是什麼呢？」

我闔上RHODIA，用指尖輕撫著橘色封面。

「其實有一個人沒有放在我委託的代筆名冊當中，但他是我的大恩人。」

雖然只是件小事，但因為互喊阿硯、銀先生，總覺得我們之間的距離忽然縮短了許多，語氣自然也更加柔和。

「唷，有點意外呢。雖然認識銀先生你沒多久，而且只有工作方面的往來，但你給人感覺相當真誠又老實呢，我不認為你會做出失禮的事情。是哪一位呢？那位沒有寫在名冊上的大恩人。」

我說出了位於淺草的老西餐廳的名字。

「喔喔，是紅酒燉牛肉飯相當有名的店家對吧？還有豬排和炸蝦，我有去過幾次。」

「嗯，阿硯你說的三道菜的確都很好吃，不過漢堡排、義大利肉醬麵還有豬排三明治也很棒喔，另外還有蟹肉可樂餅跟炸肉餅也都口味一等。」

阿硯放空的表情彷彿嘴邊都要流下口水了。雖然他平常相當穩重，總是非常迅速地商量正事，所以原本以為他應該不怎麼喜歡閒聊，看來並非如此呢。

「聽到都餓啦。哎呀，一邊把冰鎮瓶裝啤酒倒進小玻璃杯裡，配著淋上伍斯特醬的炸蝦真的超棒的……啤酒喝完以後要上冰的日本酒，不能耍帥點什麼紅酒。用杯子啜飲常溫的日本酒就搭配塗滿芥子的炸肉餅，哎呀好想吃喔。」

這也令人有點意外。還以為會端出銅鑼燒的人應該不怎麼會喝酒呢，當然也是有那種愛吃甜食又愛喝酒的人啦。

「不過那是西餐廳吧?銀先生你是開壽司店的,你跟那裡有什麼關係呢?」

「啊,這說來話長了,不過讓我有了走進餐飲業界契機的,就是那間店的老大。」

「咦?銀先生是從西餐起家的嗎?雜誌上的訪談完全沒有提到耶。」

「畢竟我沒說啊。」

阿硯說著「方便的話請務必告訴我」,要我說下去。總覺得和阿硯聊著,似乎也比較輕鬆,我用手掌摸著 RHODIA 開始說了起來。

雖然現在一臉認真表示自己是壽司師傅,但三十年前我只是個不良少年。現在有很多人能夠一臉稀鬆平常地說什麼「以前我也是有混過的」,但我實在覺得羞愧,說不出那種話。

國中畢業以後雖然有進入當地的高中就讀,卻還沒到暑假就輟學了。原先靠別人幫忙來到東京,但沒有個一技之長的不良少年根本也找不到工作。就算好不容易找到能混口飯吃的地方,也因為無法長久而一直晃蕩。

現在想想也挺奇妙的,那個時期的事情我幾乎都不記得。第一年前後我到處輪流住在朋友、前輩或者喝酒的地方認識的人家裡,行李也只有一個背包裝了幾件衣服那樣簡單。

那時候撿走我的就是老大，那是我十七歲、老大應該四十歲前後吧，我記得他在遇到我的幾年前就已經過了不惑之年，但自己居然已經比那時的老大還要年長，還是令我感到不可置信。

我是在上野遇到老大的，因為沒有地方住，所以前一天就躺在上野公園的長椅上睡覺。夏天暑熱而且陽光強烈，所以一大早我就為了跟著陰影跑而不斷換長椅。偶然撿到了東京國立博物館的入場券，我想可能是帶著團體客人的領隊或者司機沒拿穩，被風吹走的吧。

一開始我還想著「嘖，怎麼不是錢。至少給我張電影票嘛」，不過日頭越高天氣也越熱，我又想著「博物館裡面的冷氣應該很涼吧！」。

因為先前完全沒有興趣，所以我根本不知道東京國立博物館是什麼樣的地方。頂多從牆壁外面眺望進去，想著「真是氣派的建築耶」，但一進去才真是驚訝。裡頭飄盪著獨特的氛圍，讓人忍不住覺得應該打直腰桿，甚至會誤以為自己腦袋變好了些、氣質也變得比較好的那種感覺。

現在我每年都會去幾趟，每次都覺得能夠讓自己重新振作，我也不明白是為什麼。穿過大門放眼望去整片園地的時候、進入本館抬頭仰望正面大階梯的時候，總是有種難以描述的心情湧上心頭。想來一定是回到當初遇見老大時的自己吧。

我現在仍然記得相當清楚，老大那時正相當專注地看著《蘭亭集序》的拓本，那時候別說是《蘭亭集序》了，我連王羲之都沒聽過，更別說拓本是什麼，我也是一問三不知。看過去只覺得就是有個大叔盯著白紙黑字瞧而已。

一開始我就看到他了，之後去看了看別的東西再回頭，他還在那裡看。我想說應該真的是好東西吧，所以也在旁邊停下腳步好好地看一看。有幾個字就連不學無術的我也能讀出來，內容可就是一片糨糊了，但我覺得那是很漂亮的字。

沒想到老大忽然開口向我搭話。

他問我：「你喜歡這個嗎？」

視線大概只轉到我身上一秒，那張側臉真的非常帥氣。他穿著小小千鳥格的西裝，白色襯衫上打了黑色針織領帶，相當時髦。

雖然他問了我問題，我也想著該回些什麼才好，腦袋卻完全無法浮現什麼機伶的回答，結果只能想到什麼說什麼。

「……我覺得字很漂亮。」

「是啊，要是能寫出這種字就好了……」

老大這麼說完以後，又盯著那東西直看。我們兩個人就這樣一起默默盯著《蘭亭集序》五分鐘吧。

忽然老大又開了口。

「那邊還有一個很棒的。」

然後就自己踏步走了過去，我跟在他後面，來到一個平臺櫥窗前。

「是手鑑。」

「手鑑？」

老大輕輕點頭告訴我：「『手』是指筆跡，也就是文字。『鑑』是圖鑑的『鑑』，也就是範例或者模範的意思。所以手鑑就是字跡範例。」

「字跡範例嗎……」

「剛才看的《蘭亭集序》是從據說是王羲之書寫文字刻成的石碑上拓印下來的，就有點像是手鑑的起源啦。以前的人也是這樣收集古老的字跡，然後當成範本來臨摹學習。」

「……喔。」

就算對方說這你應該學過吧，但其實都是我第一次聽說的東西，實在不知道該怎麼回答才好。老大在那個櫥窗看了三十分鐘左右。中途他從口袋裡拿出了橘色封面的便條本，用原子筆寫了些什麼。

「您在寫什麼？」

「嗯？這個嗎？我稍微抄一下這邊的解說文字，想說之後可以去圖書館查一下。」

「……喔。」

我第一次看到這種大人，非常驚訝。我的周遭根本沒有那種會寫筆記的人。

「畢竟我很笨啊，要是不寫筆記，馬上就會忘掉了。很神奇的是寫了筆記以後反而不會忘記，真不知道是為什麼。」

就算跟我說不知道為什麼，我也不懂啊。

因為一路這樣聊下來，我也很難直接開口說「好那就掰囉」之類的，只好繼續跟他一起看。結果老大又忽然這麼說了：「午餐時間了，去吃飯吧。」

「我不用。」

我只能馬上這麼回答，畢竟那時候我身上的錢大概不到一百日幣吧。

「好啦，走吧。」

老大說著就先踏出一步，我無可奈何只能跟著他走。

我們去的是距離博物館大約十分鐘左右路程的西餐廳。

看來老大似乎來過很多次，相當熟悉地讓店員帶著去店家安排的座位。我雖遲疑著還是跟了進去。
木板桌面上鋪了潔白的桌巾，座位上的裝飾盤擺放的餐巾摺得相當時髦。不禁想著幸好我先前拜託人家讓我住的那裡，出來前有先拜託對方讓我洗好衣服還洗了澡。店裡如此乾淨明亮到讓我不禁腦袋閃過了這種事情。
「你想吃什麼？」
老大看著菜單問我。我也拿到了菜單，光看價錢就覺得害怕。
「不，沒有……」
「那我就隨便點囉。」
老大叫來店員，點了沙拉、炸物拼盤、焗烤鮮蝦還有漢堡排。
「另外給我啤酒，還有他的飯要大碗。」
最後又加上那麼一句。
「我沒有見過這間店的老闆，但他肯定是個相當厲害的人物。毫不吝惜使用良好的材料，烹調上也相當鄭重，而且價格非常親民。」
老大一臉滿足喝著先上桌的啤酒時這麼說著。
送上來的菜色每道都相當精緻又美味。老大一邊吃一邊碎碎念著「原來如此」、「嗯，這個好」之類的，偶爾還會拿出剛才那本便條本寫些什麼。

「那個，您說『原來如此』是什麼意思？」

肚子飽了、心情上也有點鬆懈，我忍不住多嘴開口詢問。要是現在的我，肯定沒辦法如此不要臉地發問。

「嗯？喔，我是廚師，在淺草那裡開西餐廳。所以在其他地方吃飯，就像是在學習。我說『原來如此』的，就是剛才不是有個緞帶形狀的義大利麵嗎？那個叫做蝴蝶麵，跟義大利香醋和胡椒拌在一起之後，用來搭配炸物拼盤的。如果是一般的西餐廳，通常都是用高麗菜絲和番茄來搭配油炸物而已。嗯，有時候可能會放上檸檬也當增添一點色彩啦，但是這邊的菜絲裡加了小黃瓜讓綠色有了深淺，用切出裝飾的小蘿蔔取代番茄。另外通常只用番茄醬炒義大利麵條含糊帶過的部分，他們也改用蝴蝶麵細心烹調。所以我想著『原來如此』，真是令人感動，結果一不小心就脫口而出。」

「喔……」

我只不過是隨口問問而已，老大卻相當認真地回答。

「可以看得出來負責這間餐廳廚房的人，就連細節也相當注重。而且這些完全不會搶走主角炸物拼盤的鋒頭，仍然是用來搭配的東西。附在漢堡排旁邊的薯條炸得非常好，紅蘿蔔、豌豆還有奶油炒玉米的顆粒都相當整齊漂亮，可見麻煩的前置工作也相當用心在做。實在令人尊敬。」

忽然覺得光是想著「超好吃！」，然後狼吞虎嚥的自己實在羞愧。

「我到博物館也是為了順便來這間店。」

「您自己開西餐廳，但還是很期待來其他的西餐廳？」

老人重重點了頭。

「是啊，不管在哪裡吃什麼都能學到東西喔。當然不管日式、西餐還是中餐都一樣。我也會去吃速食店，還有連鎖店賣的那種熱騰騰便當。畢竟大家都是在各種限制當中，努力發揮創意做出有營養又好吃的東西啊。」

老大雖然對自己的料理相當有自信，不過絕對不會說什麼否定其他店家的話語。就算看到或聽見令他不以為然的事情，也仍然不發一語，頂多就是說「我們自己不要做那種事情」。

餐點吃完以後他又點了咖啡。不管是吃飯的時候，還是吃完以後，老大都沒有抽菸。那個時候跟現在不一樣，不管是哪間餐廳都可以抽菸，而且周遭抽菸的大人也很多。

「您沒抽菸喔。」

老大皺起眉來輕輕搖了搖頭。

「是啊，不抽。廚師因為要站著工作，算是頗為辛苦的工作，所以還滿多人愛抽的，但我覺得那樣不好。畢竟香菸的氣味真的很重，就算仔細清洗也還是會留在指尖，還有服裝和頭髮上，難得的料理很容易被破壞掉。你有抽菸嗎？」

「有錢的話……還有別人請的時候。」

「如果只是那樣，最好以後就不要再抽了。畢竟那對身體不好，而且還很花錢。要是已經養成吸菸的習慣戒不掉的話那也沒辦法，不過沒錢就能忍住不吸的話，那最好還是趕快戒掉。」

「……說的也是。」

完全不覺得他在對我說教，雖然我們的年紀差距大到有如父子，但感覺比較像是大哥在教導我事情。我想可能就是因為這樣，自己才會老實聽話。

「話說回來，你是做什麼工作的啊？平日就可以待在博物館，應該不是在公司工作的上班族吧。而且又這麼年輕，說是還在上學也不奇怪。啊對了你叫什麼名字啊？」

雖然這樣真的很奇怪，不過老大真的是請一個他連名字都不知道的小伙子吃飯，還聽我說了很多。他就是這種人。

我告訴他自己從鄉下來到這裡，沒有固定工作、過一天是一天，先前在喝酒的地方認識的人也曾經問過我的出身，但我總是隨口含糊帶過。總覺得自己這樣不上不下的實在相當丟臉。

但是在老大面前我卻毫無隱瞞，告訴他我沒有工作，也沒有地方住的事情。雖然我也有點擔心，但又覺得不能對這個人說謊。

「這樣啊……」

老大喃喃說著，抱胸盯著咖啡杯一語不發了好一會兒。我不記得時間過了多久，我想應該是幾秒鐘，最長也不會超過一分鐘吧，但我卻覺得好久好久。

「那你來我店裡吧，剛好有個人辭職了。」

「咦？」

過於意外的邀請讓我萬分驚訝。我原本還想著頂多是「你要找打工的話，我有認識的地方可以介紹給你」之類的。

「可、可是，那個，我沒有做過料理耶？連菜刀都沒握過。雖然不至於太誇張，但應該還是滿礙事的。」

老大鬆開雙手，嘴角揚起笑容。

「要是能礙事可就厲害啦，嗯，反正一開始什麼都不知道，光是能愣愣看著就很了不起囉。不過不用擔心，一開始大家也是什麼都不會，在我那裡的人也都是些生手，包括我在內啦。雖然也有幾個人是從廚藝學校畢業的，不過那種人一開始也是什麼都不會喔，所以不用擔心技術問題啦。」

「……這樣喔。」

老大請店家的人準備結帳，又繼續說下去。

「技術那種東西啊，我都可以教你，但其他事情就要看你本人了。無論有多高明的手腕，要是本性很差的話根本就做不出好吃的東西；相反地，就算技巧不高明，只要老實又有上進心就沒問題。」

老大看了看店員遞來的帳單，從外套內袋裡拿出長錢包，取出嶄新的一萬圓日幣鈔票。他將鈔票放在夾著單據的帳單夾上便俐落遞還給店員。

「雖然不多，但找的零錢就當成小費吧。」

接著馬上站起身來拍拍我的肩膀。

「好啦，走吧。今天是公休日，所以店裡沒人在，不過我們當成宿舍的公寓裡應該會有人吧。」

「老大很帥氣呢。」

默默傾聽的阿硯插嘴說著。

「嗯，真的非常帥氣。該說他是對於美的意識相當強烈，還是該說他給人俐落的感覺呢？總之不管做什麼都有模有樣的，而且一舉一動都相當優雅。老大的店裡面，廚房和用餐區分隔得相當明確。雖然不會讓客人看見廚師工作的樣子，但他總是挺直了腰桿，手上揮舞鍋子和平底鍋的樣子簡直就像是在跳舞。」

「雖然我想那是很久以前的事情了，不過那時候應該也已經沒有什麼人在付小費了吧。而且還是那麼帥氣的做法，實在很難得呢。」

並非日本就沒有人會付出這種心意，但正如同阿硯所說的，那真的是少數。說起來現在有很多店家是以服務費的名目強制徵收，如果還要再另外付小費，想必由客人的角度來看也很難接受吧。

「老大的錢包裡面永遠只裝新鈔呢。他說付新的鈔票出去，心情比較好。對了，這麼說來四寶堂在找錢的時候也是給新鈔和新硬幣，我想這應該是一樣的道理吧。」

阿硯略略微笑點點頭。

「我很喜歡看到客人驚訝或者高興的表情。那麼，之後怎麼了？」

老大帶我去的地方是跟店家有一點距離的公寓，一樓最裡面的房間是老大的，其他五個房間給店員使用。聽說房東是住在附近的常客，用便宜的價格出借這棟公寓。

房租是老大自己一次付清六個房間的費用，然後讓員工免費居住。

二樓的三個房間有前輩居住，一樓的兩個房間都還空著，最後就決定把最外面那個房間分給我了。我的行李只有身上背的背包、裡面的換洗衣服還有牙刷，所以也不需要搬家什麼的。

「床墊棉被我明天會準備，你今晚睡覺先用這個吧。」

老大從壁櫥裡拿出睡袋遞給我。

「那個，這就夠了。床墊、棉被什麼的給我用太浪費了……」

「嗯？怎麼，客氣什麼。」

「不，也不、不是啦……」

老大露齒一笑。

「這樣感覺很像宣言『我會很快逃走的』呢。算了也好，就看你高興吧。到了冬天大概會很冷，不過這陣子應該還沒問題吧。」

那天晚上去享受假日的前輩們回來以後，老大將我介紹給他們，然後說要在自己的房間開歡迎會。真不知道他是何時去買的東西，竟然準備了壽喜燒。

「這傢伙叫札銀，以後就請大家多多指教囉。對了，就叫你阿銀可以嗎？札感覺很難叫呢。」

就因為老大一句話，前輩們也都叫我阿銀。他們三個人都是鄉下出身，最年長的前輩也只大了我三歲，另外兩人則都大我一歲，在店裡都還沒做滿一年。三個人給人的感覺都很好，完全沒有欺負我或者故意整我。這方面老大也總是會細心注意。

那天晚上餐後收拾完畢，五個人一起去了附近的澡堂。現在不管多小的雅房都會有淋浴間，但那時候的木造公寓要是有浴室反而稀奇。

他向顧櫃檯的婆婆說：「這是我家的新人，叫做阿銀，麻煩啦。」然後沒付錢就進了更衣處。後來問了才知道月底會送來五人份的請款，然後才一次付清。

這個「賒帳」可以在鄰近各處使用，除了那些賣蔬菜、肉類、魚類、調味料等食材店家以外，就連日常用品店、藥房、文具店，甚至是理髮店都可以說聲「算在老大的帳上」就解決了。也就是說，就算沒帶錢也不會有問題。這對於身無分文的我來說實在是感激不盡。相對的如果去剪頭髮，對方肯定二話不說就幫忙剃光。老大的方針是「要耍帥等到會工作以後再說」，所以只要住在他的公寓裡，就不能夠剪自己想留的髮型。託此之福，也讓我完全不會起什麼玩心。畢竟剃個光頭實在很難去什麼迪斯可或是酒店之類的地方。

除了這三位前輩以外，店裡的廚房還有兩個通勤的廚師，烹調主要是老大和兩位廚師三個人處理。住宿舍的人當中最年長的前輩當時算是烹調實習生，另外兩個人主要做食材前置處理，正拚命多多少少跟烹調沾上些關係。當然我這個新人就是負責洗東西的，過了許多一直洗著鍋碗瓢盆和杯子的日子。

即使如此，我還是有拿到身為廚房一員證明的潔白廚師服與帽子，然後套上橡膠圍裙和需要清洗的東西奮鬥。一開始我是用前輩教我的方法清洗，後來逐漸摸索到訣竅以後，就開始下自己的工夫去做。更換清潔劑、鬃刷、菜瓜布等等，東做西試就會有各種發現，相當有趣。

鍋子和平底鍋等烹調工具，最重要的就是趁著還熱的時候就要去掉油脂，相反地盤子這類就要先用橡膠刮刀把剩菜和醬料都刮掉以後，浸泡在加了中性清潔劑的溫水當中，這樣汙垢就會浮起來，之後只要用菜瓜布稍微擦一下就會很乾淨。餐具類的東西如果太過用力刷洗，很容易傷到表面的玻璃塗層或色彩，所以最重要的就是在汙垢浮起來以後盡快清洗。

當我發現就連擦的方法都會大幅影響洗好的東西時，我也好高興。畢竟在店裡要擦拭數量相當多的餐具，因此用來擦單一個東西的時間有限。然而若擦拭方法太過笨拙，那麼好不容易洗乾淨的餐具和玻璃也會無法亮晶晶。在拿抹布的方式還有擦拭順序等處下各種工夫以後，我找到了讓自己在短時間內能夠好好擦完的方法。

或許是因為我這番努力，花在洗東西的時間上也逐漸縮短。雖然只是很小的事情，但我靠著自己思考的成果讓午餐的清洗時間縮短了三十分鐘，還有關店後的收拾也縮短了十五分鐘之類的，這種明顯的變化讓我覺得很開心。

而且其實這一切老大都有看在眼裡。

「哇，擦起來比先前漂亮呢」，或者是「洗滌區的整理清潔工作很細心哪」之類的，他總是能發現我特別留心的地方。我真的很開心，就好像是自己受到了認可。

就在我忙於這些事情的某天，他忽然說：「欸阿銀啊，要是你手邊有空的話幫個忙吧。」就讓我從清洗場稍微往裡頭移動了些。

當然一開始只是負責清洗農家直接分給我們的那些帶泥巴的蔬菜，或者用手撕開沙拉要用的葉菜等等，比較像是前置的前置工作之類的事情，但一想到自己負責清洗的東西會使用在餐點當中，就覺得相當興奮。現在回想起來，那時候我還真是純真。不管是什麼事情，只要第一次被交代去做，我都覺得好開心。

到了冬天，水當然會變得非常冰冷。清洗工具的時候雖然可以使用熱水，但蔬菜只能用冷水來洗，所以還挺辛苦的。但是當然不能把這種話說出口，要是我沒有手腳俐落地清洗，就會給所有人添麻煩。那時候我已經會這麼想了。

當然或許也可以使用橡膠手套，但這樣一來會失去東西的觸感。就算眼睛沒看見，用手摸的話其實馬上就能明白。這件事情到現在也沒變，不好的材料只要放在我的手上，我馬上就會知道了。所以我在洗蔬菜的時候了解到，不管水有多冰，都一定要用手直接觸摸才行。

在老大店裡工作大概過了一年左右吧，有一次休假的前一天老大忽然找我，說什麼：

「阿銀，你明天陪我。」

第二天早上，我們去了合羽橋那裡。走進老大常去的刀剪專門店，他請店家讓我看看廚師刀。

「你試著拿幾把看看。」

說著便讓我握了幾把菜刀。

「應該是這把吧……不管是重量、握感，都有種吸在手裡的感覺。」

老大重重點著頭。

「給我這把。還有幫我拿個這把刀合用的磨刀石。」

我正打算拿起店家包裝好的東西，他又說「不，我自己拿」，怎樣都不肯放手。接著又說「我們喝個咖啡再回去」，然後走進咖啡廳。點完餐之後，老大用他一如往常認真的表情對我這麼說。

「欸，你有五圓嗎？」

聽到這突如其來的問話，想必我看來是一臉錯愕。

「你這傻相露出那麼錯愕的表情，不怎樣的五官會更明顯喔。好啦，五圓你總有吧？快點拿出來。」

「呃，喔……」

我從口袋裡的零錢包拿出了五圓硬幣。

「好，這個賣你五圓。」

老人把他放在腿上的紙袋遞給了我。

「咦？」

「好啦，快點把那個五圓給我，然後收下這個紙袋。」

雖然我還搞不懂狀況，但總之也只能照他所說的做。

「賣啦！」

「謝謝您。」

「不對，你要說『買啦！』才對啊。」

「……買了。」

交易就這樣成立了，但加上磨刀石還有一些其他配件的金額並不小，雖然不是大到很嚇人，但我實在不懂用五圓來交換的意義何在。

「好啦，這樣那就是你的東西了。你要好好使用，不可以疏忽保養喔。你花費越多愛在上面，工具就越不會背叛你。」

「……謝謝您。但是為什麼要搞那個『賣了』、『買了』的麻煩步驟啊？」

老大誇張地嘆了口大氣，一臉無奈。

「我說你啊，要再多學學呢。喔對了，還有這個也要給你。」

老大從口袋裡拿出一本橘色封面的便條本和原子筆。

「今後不管是工作中，還是假日的時候都要帶著便條本。只要有在意的事情，或者是有人提醒你什麼，全部都要寫筆記。便條本其實用哪種都可以，不過我是用這個RHODIA的12號。放在手上速寫很剛好，封面又有防水加工，手溼溼地拿也沒問題。」

我收下了他遞給我的RHODIA和原子筆。

「學習並不是只有在學校學算術和國語，只要有不明白的事物，就很容易因此受到損失，像是機會在眼前卻放任它白白溜走，或者是眼前有陷阱卻不自知。不過這些事情如果當事人不在意的話，大概也聽不進去，所以我是不會很強硬啦。總之不明白的、不知道的、第一次聽說的事情，全部都要寫下來。」

「喔……」

「好啦，話題拉回來。傳統上認為刀剪類的東西是不能送人的，因為會切斷緣分。所以除了菜刀以外，剪刀也是。還有梳子，這是因為梳子的發音（kushi）跟『苦』（ku）還有『死』（shi）這類令人忌諱的字眼念起來一樣。」

「哇，我第一次聽說。」

我立刻打開 RHODIA 寫下「不可以送人刀剪和梳子」，老大很滿意地看著我，又繼續說下去。

「不管是刀剪或者梳子，都有各種解釋。有人覺得刀剪有著『開拓未來』的意義，所以相當適合做為贈禮；也有人堅持梳子能夠『梳理開』什麼東西之類的。但我認為只要有一點點不吉祥的感覺在，就不應該送人。所以雖然有點麻煩，刀剪類還是用買賣的方式比較好。」

「啊，謝謝您。但是那麼貴的菜刀用五塊錢賣給我，總覺得很對不起您。」

老大哈哈大笑說：「這是你努力一年的獎勵啊。最初的第一把刀我實在想跟你一起選，哎呀畢竟那間店也是個老實到不能再老實的老頭子在做的，會用適當的價格銷售好東西。以後你要是想要什麼刀的話，就去找他們問吧。他們也會記住客人的臉，幫你找你需要的東西。」

之後我們在回家路上，他又跟我到處介紹「鍋子就到這裡」、「平底鍋在這邊買」之類的地方，我將我們一起去的店家名字都寫了下來，才一下子筆記就超過了十頁。

「你就照這種感覺多多筆記啊，那個可以在玉玉屋買到。」

玉玉屋是我們能賒帳的文具店。

第二天起，我就開始幫忙食材的前置工作，每天主要都在處理剝皮、切菜，跟各種蔬菜奮鬥。順帶一提，在老大的店裡，鍋子、砧板和湯杓這類東西都是店裡面的，只有刀子和平底鍋是讓烹調的人帶自己順手的東西來。除了老大以外，兩位廚師也都帶了好幾把自己的刀，而且是裝在那種會上鎖的專用手提箱裡面。他們三個人在工作結束後一定會磨刀並且仔細保養。

看見他們那種樣子，還只是實習人員的我們很自然也會相當珍惜菜刀。老大畢竟單身，所以工作結束後就會把住宿舍的我們聚集起來，開始手把手教導我們各種工具的保養方法。當然，老大教我們的事情我可是一字一句都寫在RHODIA上。那時候學到的東西、我記住的大半事情，都支撐著現在身為料理人的我。

結果在我開始使用以後，一年就用了超過三十本RHODIA。

「總覺得這故事真的很不錯呢。我以前曾經聽很有名的料理人在電視上說過『主廚兼老闆除了身為廚師以外，也必須是一個經營者。經營是活用人才來營運事業，也就是說培養人才的能力，能夠決定那間店家的走向』。」

阿硯直點著頭說著。

「我打算自己開店的時候，原本也有考慮要雇用員工，但目前先不做這個打算。我會選擇午餐時間不營業只開晚上，而且是只有八個座位、每個座位只翻一次桌的小店家，也是因為這樣就不需要雇人。這樣想來光是廚房就有六個人，外場還有四個人，加起來老大總共雇用了十個人，真的是很厲害。我自己的店雖小，但真的有了店後，才真正體會到他的厲害之處。」

「是啊……我也是自己一個人悠悠哉哉地經營店面，但若問我能不能雇用員工來經營這間文具店，我實在是沒有自信。」

我重重點頭，繼續說下去。

我在老大的店家過了三年那樣的日子，然後進入第四年夏天。

三位前輩當中兩個人已經離職，另外一個人因為結婚所以離開了公寓。不知何時我已經有了三個晚輩，所有人都是從自己的家裡通勤上班，所以公寓就只剩下我和老大兩個人。

那時生活開開心心的，我也逐漸記住烹調工作，而在工作的時候 RHODIA 裡的筆記真的是幫了大忙。那時候我就習慣在睡前把白天寫的筆記重新寫到大的筆記本上面，幾年前我還過著有一天沒一天的日子，自從遇到老大就一切都改變了。

每天都過得相當充實，後來老大也開始將處理湯底、配菜調味這些工作交給我。我就這樣一直磨練，心想著總有一天要站在老大旁邊揮動平底鍋。

事情卻不盡如人意。

我在到東京沒多久以後，曾經受到在新宿認識的人照顧。後來才知道，那個人就是所謂的「小混混」，不屬於任何組織，但到處在犯罪事件中賺黑心錢。我雖然沒有直接幫忙過對方的工作，卻有幫他顧過辦公室，還拿到了零用錢。不，要說是零用錢的話那金額未免太大，所以應該是封口費吧。

結果那個人被警察抓了，所以我才會失去住所而流浪到上野那邊。一開始還覺得這樣真的是很麻煩，但要是我繼續留在新宿，恐怕也會被迫開始做一些危險的工作吧。

那個人的刑期結束出獄了，似乎是隨手拿的雜誌上有老大店家的訪談介紹，所以在店前拍的員工團體照當中認出了我。

我從後門走出去倒垃圾，就看見那個人站在門外。

「好久不見啊，看起來挺氣派的嘛。那是廚師服？挺適合的啊。」

街燈下站著的他露出噁心的笑容，接著又說：「營業結束之後陪我一下吧。」

同時將附近一間小酒館的火柴遞給我。

工作結束以後，隨便收一收東西，我立刻奔到小酒館去。那間店簡直像插畫中快倒閉的店家，完全沒有其他客人。

「工作開心嗎？」

我只能默默點點頭。

「我也打算重新開始工作，怎樣，要不要來幫我忙？」

只需要坐在辦公室裡接電話，就能拿到比老大店裡月薪還要多出好幾倍的錢。如果是從前的我，想來馬上就會答應。

「對不起，我不打算辭掉現在的工作。」

正當我打算起身，那個人又說了「哎呀，你等等」然後盯著我瞧。

「我被警察抓走的時候，可沒有說出你的名字喔。說什麼『只是在辦公室接電話』這種藉口可不成啊，再怎麼說我可是相信你是夥伴呢。」

「請不要隨便說那種話，我雖然待在你的辦公室裡面，但可從來沒有幫忙過你的工作。」

「你有拿報酬吧。」

這讓我倒抽了口氣。他竟然說那時給我的「零用錢」是報酬。

「那、那個你不是說是『就當零用金』給我的嗎！」

那個人點了菸，緩緩吐出。

「監獄那種地方啊，不能有酒和菸呢。當然也是有漏洞，可以抽點菸啦，但可不能像這樣悠哉地吞吐呢。就跟國中生趁老師沒看見的時候一樣匆忙地抽個兩口一樣，實在很沒滋味啊。這麼說來你沒抽菸了？」

「是啊，因為這對廚師來說沒有益處。」

那個人一臉煩悶地熄掉菸，一口氣喝乾稀釋的威士忌。

「是嗎？我知道了。那我也不勉強你，不過有個條件。」

「……什麼條件？」

「我給你的錢都還給我。那時候狀況還不錯，我應該每次都給你個兩三把吧，隨便估算應該也不會低於三百萬喔？」

所謂的一把是指一萬圓鈔票十張捆在一起，的確他每次至少都給我十萬日幣，多的時候還拿過五十萬左右。

「我沒有那麼多錢……」

那個人輕輕搖了搖頭。

「你很認真工作吧？我不會叫你一次付清。總之你先付個一百萬吧，剩下的兩百萬我就讓你每個月五十萬分五次付。」

「……剛剛說的三百萬變成三百五十萬了。」

那個人愉快地用力搖頭。

「哇，會心算啦。還在我辦公室出入的時候，就連電話號碼都記不得呢。」

我默默起身。

「明天拿一百萬來這裡。除了你的工作地點，你住哪我也知道。要是你敢輕舉妄動，我就會到店裡去露個臉。」

接著他從懷裡拿出名片夾，遞了一張給我。

「我也不打算繼續單打獨鬥，我已經遇到了願意讓我叫他大哥的人。」

名片上面印著任何人一看就知道的組織圖章。那個時代真是隨便到還能拿那種名片出來，現在的話馬上就違反暴力團對策法了。

之後我完全不記得自己是怎麼回到房間的。走到公寓前那條路上，正好遇到從澡堂回來的老大。

「哎呀，去哪裡鬼混啦？再不快點的話，澡堂就要關門囉。」

看見老大沐浴在月光下那爽朗的表情時我想著，不可以給這個人添麻煩。

阿硯似乎是屏氣凝神在聽我說，忍不住大嘆了一口氣。

「總覺得發展過於急促，聽得好累。」

我點點頭。

「嗯，是啊。結果我在那天晚上就收好行李離開東京了。我只拿走最少量的替換衣物、現金、存摺，還有老大買給我的菜刀、RHODIA便條本和筆記本這些重要的東西。我撕下一張RHODIA，寫著『雖然相當匆促但請容我辭職』，就跟公寓鑰匙一起悄悄放進了老大房間的信箱。接著就去了東京車站八重洲出口的長程客運站那邊，直接逃往關西。」

「……感覺你真是乾脆呢。」

阿硯的聲音聽來有些寂寞。

「嗯，總覺得我是被迫結清過往的帳務啊。來到東京以後隨波逐流，明知那是有問題的錢還收下來，而且就那樣隨隨便便花掉。雖然真的是非常愚蠢，但那時真的是沒辦法。」

「你怎麼不告訴老大呢？就算跟那種奇怪的人扯上關係，你那時候也還沒成年吧？而且是對方故意那樣說的。只要告訴警察，或許他們會有辦法。」

其實真的就是如阿硯所說。

「是啊，但是那個時候我真的是什麼事情都不懂，一心只想著留在那裡會給老大添麻煩。真的就如老大所說的，我真是個笨蛋。就是因為沒讀書所以什麼都不知道、什麼都不明白，因為被人威脅就發抖逃走，是個相當悲慘又沒內涵的人。」

阿硯用力搖著頭。

「沒有那回事。如果是那樣的話，就不會有現在的你了。」

「……是這樣嗎？希望真是如此。嗯，反正等我去了關西以後，竟然馬上就找到工作了。總之等到安定下來以後雖然也用掉了一些存款，不過剩下的我就全部用掛號寄給那個人了。當然金額並沒有到一百萬，總之能給多少我就全給了。之後我收到薪水也大部分都送了過去，所以一年半左右我就補上他要的金額了。」

「……真厲害。不過對方竟然沒有追到關西去嗎？」

我點點頭，說老實話我也很擔心對方隨時會出現，結果並沒有。我想可能畢竟錢有送去，所以他也不想特地花交通費來威脅我吧。

「那麼死纏爛打的人現在怎麼樣了呢？」

「死啦，被捲入暴力集團糾紛當中，幾乎就在我還完錢差不多的時候呢。我現在也還清楚記得，是在中華餐館裡面吃著餃子跟炒飯的時候，看到電視新聞才偶然得知的。」

「咦，是這樣嗎？雖然這樣講好像不太好，但要是他早點死掉就好了呢。這樣一來銀先生你也不用那樣拚命工作，還那個莫名其妙的借款。」

「不，幸好他活到我還完錢了。對我來說，這樣我就感覺自己真的將過去結清了。不過多少還是覺得有種令人傻眼的感覺，所以就覺得不想待在日本了……」

阿硯像是想到什麼而拍了一下手。

「所以才會出去流浪啊。」

「……嗯，就是這樣。」

阿硯好不容易轉為明亮的表情又忽然一沉。

「但既然是這樣的前因後果，我更覺得應該要寄開店通知過去。」

「嗯，也是啦，所以我才煩惱。」

阿硯將茶碗等東西都收到托盤上，又補上一句。

「呃，這算是我拜託你，還是請你寄通知給老大。信封信紙我會準備，你請稍等一下。」

剛才還相當安穩的氛圍驟然消失，阿硯毅然決然地如此說著，拿著托盤就離開房間了。
哎呀呀，是不是順勢說了太多啊，我有點後悔了。
猛然一看窗外，天上是一片捲積雲。秋季那有些潮溼而舒適的風由略略打開一半的窗戶吹了進來。
「久等了。」
阿硯大概是從一樓的店鋪衝上來，有些喘地將東西遞給我。
「我想信封和信紙用這個比較好，相當優雅且什麼場合都可以使用。筆就用這個，我選了字寫起來感覺會比較柔和的款式。這是我自己準備的，所以不需要費用。還請務必用這些東西將先前的事情還有開店通知告訴老大。對了，通知的信封跟信件可以一起裝在稍大的信封裡面投遞就好。這方面還請放心，我一定會幫你處理好的。」
阿硯現在完全就是四寶堂店主的樣子。
「謝謝你。……但我沒寫過信呢。」
現在的聲音虛弱到根本不像我自己，實在是很羞愧。
阿硯硬是把信紙信封還有筆塞進我的手裡，又說著「好啦，快點」，催促我起身穿上鞋子。接著把我帶到小平臺另一邊那擺放在巨大古老書桌前的椅子坐下。

「我不會打擾你的，請你慢慢寫，我等等會拿新的茶過來。」

他說完就下去一樓了。

被獨自留下的我也被迫要面對潔白的信紙。原先想著是否應該要寫上正式的招呼語之類的東西，結果還是從「前略　相當久不見了，您好」開始。

首先對於自己突然失蹤的事情老實道歉，並且加上說明，消失的理由是在遇到老大之前曾經往來的流氓認定我有跟他借錢，因此被迫逃走。

現在很後悔，想想當初要是有老實跟老大商量就好了。又寫下我逃到關西之後，在咖啡廳和烏龍麵店等多間店家拚死工作，好好地還清了借款。

還完借款之後因為鬆了口氣，不知該何去何從，結果去了歐洲。用工作存下來的錢到處移動、走遍各地，去到一個地方就在餐飲店找工作，一開始也從洗盤子和前置準備工作開始，但因為在老大的店裡學了很多，所以不管去哪裡都馬上受到重用。到處流浪，學習了法國菜、義大利菜和德國菜的基礎。在那段時間我用完了一百本RHODIA的12號便條本，並且整理為十本筆記本。

之後又去了美國，湊巧在有進口日本食材的超市認識了一家餐廳的老闆，他說什麼「既然是日本人應該會做吧？」就半強迫地挖角我。壽司、天婦羅、壽喜燒這些我全部都做得出來，但總是心有芥蒂，覺得自己沒有學過日本料理的基礎，想著得從頭學起而回國。

從離開老大的店家回到日本花費了十年，後來我進了壽司店從頭開始學習，如今終於也能開自己的店了……

回到日本以後，我也一直 RHODIA 不離手，手上已經有滿滿超過十個紙箱的筆記……

事情實在太多了，覺得好像要溢出腦袋，煩惱著不知該寫什麼才好，總覺得下筆不流暢。回想起來從沒想過能夠靠著料理技藝養活自己，若是沒有遇到老大，若是老人沒有把這樣的我撿走還細心教導我，也不會有現在的我吧。越想越覺得手抖到沒辦法好好寫字。

將那些事情化為文字、好好面對自己的過去，就能清楚知道老大除了料理以外，還教了我寫筆記、讀書等等生而為人的生存方式。離開店家以後不管是去關西、歐洲還是美國，甚至是回國後我拜師的壽司店，大家能夠接受我，肯定都是因為老大教了我身為一個人的基礎。

「菜刀、砧板、鍋碗瓢盆是工作工具，要當成自己的手臂、手掌來細心對待，不這樣的話，它們是不會聽話的。」

「粗暴對待材料的人，技術絕對不會提升。不管是蔬菜、牛、豬還是魚，原本都是活的，是人類為了自己方便而把它們帶來，奪走它們的性命。所以不可以浪費任何東西，必須心懷感激。而且農民、漁夫、酪農那些生產者也是相當辛苦，如果打從心裡感謝那些人的話，也就不會浪費了。」

我聽過好幾次他這樣說，聽了幾十年……現在也還能清楚想起。

「頭髮最少三星期要去剃一次，反正是剃光，就算順便剃個鬍子也不用三十分鐘吧？還有，就算覺得好像要感冒了也要去洗澡。通常身體狀況變差就是沒有好好自我管理的證據。指甲三天剪一次，另外，早上洗臉的時候要看看鏡子，確認鼻毛有沒有跑出來。保持身體清潔是身為料理人最基本的條件。還有廚師服的釦子要扣好、廚師帽也要直直戴好，穿過一次的廚師服就要洗，洗了就要燙，這些都會有人看著的。」

這麼說來，他在當鋪看見便宜的熨斗就買來給我了。

「『早安』、『您好』、『謝謝』、『對不起』，這四句話在說的時候都要口齒清晰，對方沒有聽清楚就跟沒說是一樣的。」

「薪水的一半要投資在自己身上。你們知道什麼是投資嗎？首先是要有好的工具，好的工具只要細心保養，就能用一輩子。然後以客人的身分去一流的店家用餐，這樣一來可以培養觀察店家的眼睛，也能學習其他地方的技巧。」

「去美術館和博物館看好東西、看電影跟舞臺劇、讀書，也就是讓自己養成那些可以培養教養的習慣。說什麼『我不懂』、『很無聊』的傢伙，只是沒有好好去做而已。」

「去過一百次美術館，自然就會培養出那樣的眼光。越看越會覺得對繪畫本身或者畫家提起興趣，查過之後就會發現各種自己不知道的事情。尤其是西洋繪畫，有很多題材是來自歷史、希臘神話或者基督教之類的，只要稍微有一點這些知識，有趣的程度就會完全不一樣。」

「總之就是要學習所謂的美，因為料理可說是一種綜合藝術。不動用五感的話，就做不出好的料理。」

「所以啦，總之就是有沒有想要一直成長的上進心啦。不過哪，要區分有沒有上進心倒是簡單，就看那個人有沒有做筆記就知道了。」

不管哪句話，對我來說都是重要的教誨，我一直都相當珍惜老大對我說過的話。

一回神才發現已經寫超過十張信紙。

「我想這個應該沒問題。」

阿硯將通知和信件放進稍大一些的信封，又從架子上拿出了磅秤來測量信件的重量。

「超過一百公克但在一百五十公克以內，好。」

接著又從收了許多郵票的冊子裡面取出祝賀用郵票，細心貼上。

「這樣就準備好了，接下來只要放進店門前那個郵筒就行。」

我從椅子上起身站直，低下了頭。

「謝謝你，真的是一切都受你照顧了。」

阿硯慌張地揮了揮手。

「別、別這樣。我才真的是多管閒事呢，也正在反省自己是不是過於失禮了。要是惹你不開心的話，還請你原諒。」

他說著又深深低下頭，這樣一來又換成我不知所措了。

阿硯送我到店門外，親眼看著我將信封放進了郵筒。

「沒問題嗎……真的這樣就行了嗎？」

「沒問題的。」

阿硯的聲音聽起來更可靠了。

我輕輕點了頭，從口袋裡拿出RHODIA，把最後留下來的那個「發通知給老大」也畫上一條線。

～～～～～～～～

十二月某天，「四寶堂」店主寶田硯在店門前用掃把打掃著地面，法人團體客戶的工作告一段落，也比較清閒些。

此時壽司師傅札銀忽然現身，硯馬上打了招呼。

「早安。」

「哎呀，早啊。」

銀遞出了一個紙袋給硯。

「我想讓你吃吃看，就做了散壽司過來。」

銀的店家是那種專做「無菜單料理」的高級店家，單人消費不會低於三萬日幣。

「我真的可以收下嗎？」

硯誠惶誠恐地接過紙袋，銀則綻開了笑容回答。

「當然，畢竟我想向你稍微道個謝啊。」

「道謝？」

銀有些害臊地搔了搔頭說著。

「昨天老大來我店裡了。」

「咦，真的嗎？」

「是啊，真的。還特別早了點來。」

「那麼情況如何？」

「哎呀呀。」銀開心地笑著安撫追問情況的硯。

「原先開店是六點啊，結果五點左右就有人在店門外走來走去的。我想說奇怪了就出去一看，竟然是老大站在外面。我真是瞬間腦袋一片空白，低下頭跟他說『好、好久不見』，他用我熟悉的聲音說什麼『我想這應該是需要預約的店吧，不過可以現在麻煩你嗎』。畢竟前置準備已經做好，預約的客人是七點，所以我當然馬上讓他進店裡了。」

或許是聽著就覺得緊張，硯也深呼吸了一口氣。

「那，然後呢？」

「他進了店裡就在最靠門邊的座位坐下，說『一人份的壽司，飲料就給我茶』，我當然馬上端茶和手巾給他，然後開始捏壽司。一般套餐會有前菜、生魚片之類各種東西，飲料就搭配套餐內容進行調整……不知道只有壽司的話老大能不能接受，我真的很不安，但也只能靠自信做下去。」

「……那、那結果？老大的反應如何？」

「他啊，不管我端出了什麼都沒開口說話，就只是放進嘴裡咀嚼吃下……我簡直擔心得要死。不過他有時候會重重點頭，說著『原來如此』之類的，而且中途還拿出RHODIA寫了些什麼。當然我完全不知道他到底是寫了什麼事情，唉，我那時真的好在意。」

硯輕輕搖了搖頭說著：「總覺得好可怕，快不敢聽下去了。」

「我的店裡是會先處理到只剩下塗醬油、揮發過的味醂或者撒上鹽還是桔醋等調味，接著可以直接讓客人入口的狀態，但是老大真的是吃得超快。就是說了『這是紅肉』或者『海膽來了』之類的放在餐檯上，他馬上伸手倏地放進嘴裡。好好咀嚼過後吞下，用茶湯清過口腔以後就看著我，一臉寫著『好啦，下一個』，完全沒有什麼閒情逸致的餘地。」

「那，然後呢？」

「最後是用海苔捲收尾，結果他總共吃了十一貫壽司外加一個海苔捲，但總共卻花不到三十分鐘呢。嗯，畢竟我是負責握壽司的那個人，要說這樣是很快結束是真的很快，但要說時間很久倒也是挺久的……我自己也搞不清楚。」

銀雙手抱胸陷入沉默，硯盯著他的臉瞧。

「換了一個新的茶杯以後，他喝了一口便起身離席。好好把椅子放回原處以後，直直看著我的眼睛說『受教了』，然後挺直身子低下頭，又說『很好吃』。我覺得應該要說點什麼才對，腦子裡卻沒有半句適合的詞句……好不容易才擠出了『謝謝您』，結果也就只說了這麼一句。」

「……太好了。」

硯忍不住說著。

「然後啊，他從外套裡拿出了祝賀袋，就這樣從容放下。說什麼『一點小心意』，又說『你很努力呢』。然後就這樣離開了。」

銀鬆開雙手，再次低下頭。

「這一切都是託了阿硯的福，真的很謝謝你。」

「沒有那回事。但真是太好了，能幫上你的忙。」

「所以我想再多麻煩你一點，可以再跟你借二樓的桌子嗎？我想寄謝函去感謝老大來我店裡。真不好意思，也要麻煩你幫我準備新的信封和信紙了。」

「當然，我的榮幸。」

硯說著便拉開店家的玻璃門，請銀進去。

位於東京銀座一角的文具店「四寶堂」，喜歡上店主寶田硯風格的常客們，今天也讓店裡相當熱鬧。

國家圖書館出版品預行編目資料

回憶小心輕放：銀座四寶堂文具店 / 上田健次著；黃詩婷 譯. -- 初版. -- 臺北市：皇冠, 2024.06
288面；21×14.8公分. --(皇冠叢書；第5164種)(大賞；164)
譯自：銀座「四宝堂」文房具店

ISBN 978-957-33-4149-9 (平裝)

861.57　　113006231

皇冠叢書第5164種
大賞｜164

回憶小心輕放

銀座四寶堂文具店

銀座「四宝堂」文房具店

作　　者—上田健次
譯　　者—黃詩婷
發 行 人—平　雲
出版發行—皇冠文化出版有限公司
臺北市敦化北路120巷50號
電話◎02-27168888
郵撥帳號◎15261516號
皇冠出版社(香港)有限公司
香港銅鑼灣道180號百樂商業中心
19字樓1903室
電話◎2529-1778　傳真◎2527-0904
總 編 輯—許婷婷
責任編輯—蔡承歡
美術設計—嚴昱琳
行銷企劃—蕭采芹
著作完成日期—2022年
初版一刷日期—2024年6月

法律顧問—王惠光律師

讀者服務傳真專線◎02-27150507
電腦編號◎506164
ISBN◎978-957-33-4149-9
Printed in Taiwan
本書定價◎新臺幣380元/港幣127元